Sharon Kendrick
Objeto de seducción

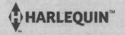

HARLEQUIN™

Editado por Harlequin Ibérica.
Una división de HarperCollins Ibérica, S.A.
Núñez de Balboa, 56
28001 Madrid

I.S.B.N.: 978-84-687-6747-5
Depósito legal: M-28094-2015
Impresión en CPI (Barcelona)
Fecha impresion para Argentina: 16.5.16
Distribuidor exclusivo para España: LOGISTA
Distribuidor para México: CODIPLYRSA
Distribuidores para Argentina: Interior, DGP, S.A. Alvarado 2118.
Cap. Fed./Buenos Aires y Gran Buenos Aires, VACCARO HNOS.

Capítulo 1

NICCOLÒ da Conti odiaba el matrimonio, la Navidad y el amor. Sin embargo, lo que odiaba por encima de todas las cosas era que la gente no hiciera lo que él quería.

Un sentimiento de frustración poco familiar le hizo contener una exclamación bastante gráfica mientras caminaba de un lado a otro por la amplia suite de su hotel de Nueva York. En el exterior, los rascacielos y las estrellas relucían contra el profundo azul oscuro del cielo, aunque no con tanta luminosidad como las luces navideñas que ya adornaban la ciudad.

Sin embargo, Niccolò se mostraba ajeno al ambiente festivo de la época del año que más odiaba. En lo único en lo que podía pensar era en su única hermana. No hacía más que preguntarse por qué ella se mostraba tan desobediente.

—No quiero que una desvergonzada modelo de topless sea tu dama de honor –dijo tras contener el aliento y también la ira–. Llevo mucho tiempo trabajando para establecer un cierto grado de respetabilidad en tu vida, Michela. ¿Comprendes lo que te digo? No permitiré que ocurra.

La expresión de Michela permaneció imperturbable mientras lo observaba desde el otro lado de la espectacular suite.

–No me lo vas a impedir, Niccolò –replicó ella con testarudez–. Yo soy la novia y la decisión es mía.

–¿Eso crees? Para empezar, me podría negar a pagar la boda.

–El hombre con el que me voy a casar es lo suficientemente rico como para costear la boda si decides adoptar una resolución tan drástica –replicó Michela–. Sin embargo, estoy segura de que no querrías que todo el mundo supiera que Niccolò da Conti se ha negado a pagar la boda de su única hermana solo porque no le gusta una de las damas de honor. ¿No sería eso una medida muy exagerada en este mundo moderno, incluso para alguien tan chapado a la antigua como tú?

Niccolò extendió y apretó los dedos de las manos. Deseó tener un saco de boxeo cerca para poder desahogarse de sus frustraciones. En general, el mundo se movía según sus deseos y no estaba acostumbrado a que se le cuestionara. Ya tenía más que suficiente con que Alekto Sarantos se estuviera comportando como una especie de prima dona como para tener que añadir además la presencia de Alannah Collins.

Apretó los labios al pensar en su hermana y en los sacrificios que había hecho. Durante mucho tiempo, se había esforzado por mantener intacta su pequeña familia y aún no estaba dispuesto a ceder el control. Costaba deshacerse de los hábitos de toda una vida. Se había enfrentado a la vergüenza y la tragedia y se había deshecho de ambas. Había protegido a Michela todo lo que había podido y, en aquellos momentos, ella estaba a punto de casarse, lo que la protegería ya de por vida. La cuidadosa selección de pretendientes había dado sus frutos y ella estaba a punto de casarse con un joven que pertenecía a una de las familias italianas más poderosas de Nueva York. Michela tendría la protección que siempre había deseado para ella, por lo que no iba a permitir que nada estropeara la ocasión. Nada ni nadie.

Y mucho menos Alannah Collins.

Pensar en ella provocaba que su cuerpo reaccionara de un modo muy complicado, un modo que le costaba controlar. Y él era un hombre que se enorgullecía de su autocontrol. Una poderosa oleada de lujuria y arrepentimiento se apoderó de él. Por suerte, la sensación más intensa era la de la ira, y era esa precisamente a la que se aferraba.

–No me puedo creer que haya tenido la cara dura de presentarse aquí –gruñó–. De hecho, ni siquiera me puedo creer que esté aquí.

–Bueno, pues lo está. Y la he invitado.

–Pensaba que no la habías visto desde que te saqué de ese horrible colegio.

Michela dudó.

–En realidad... bueno, hemos permanecido en contacto a lo largo de los años. Nos mandamos correos electrónicos y hablamos por teléfono. Yo la veía siempre que estaba en Inglaterra. El año pasado ella vino a Nueva York e hicimos un viaje a los cayos y fue como en los viejos tiempos. Ella era mi mejor amiga en el colegio, Niccolò. Nos conocemos desde hace mucho tiempo.

–¿Y no me habías dicho nada antes? –le preguntó Niccolò–. Mantienes la amistad en secreto y luego la sacas a relucir en las vísperas de tu boda. ¿No te has parado a considerar la imagen que podría dar que alguien como esa famosa exhibicionista desempeñe un papel de importancia en tu boda?

Michela se llevó las manos a ambos lados de la cabeza en un gesto de frustración.

–¿Y te sorprende que no te lo dijera viendo la reacción que tienes?

–¿Qué dice Lucas sobre tu relación con ella?

–Ocurrió hace mucho tiempo. Es historia. La mayoría de las personas de los Estados Unidos no han oído hablar sobre la revista *Pechugonas* porque desapareció hace muchos años. Y sí, sé que un vídeo de la sesión de fotos se puede encontrar en YouTube...

–¿Cómo has dicho? –rugió él.

–Sin embargo, es bastante inocente teniendo en cuenta lo que se lleva hoy en día –se apresuró a decir Michela–. Si lo comparas con algunos de los vídeos musicales que se ven en la actualidad, se podría decir que casi es adecuado para mostrarlo en la guardería. Además, Alannah ya no hace ese tipo de cosas. Estás muy equivocado con ella, Niccolò. Es...

–¡Es una buscona! –rugió él. Su acento siciliano se hizo más pronunciado cuando la ira volvió a apoderarse de él–. Una buscona muy precoz a la que no se le debería permitir acercarse ni a cinco metros de la sociedad decente. ¿Cuándo se te va a meter en la cabeza, Michela, que Alannah Collins es...?

–¡Huy! –exclamó una voz muy tranquila, interrumpiendo lo que Niccolò había estado a punto de decir.

Él se volvió para ver que una mujer entraba en la habitación sin llamar. Durante un instante, casi no la reconoció porque, en su cabeza, ella seguía llevando muy poco encima. La mujer que tenía delante de él prácticamente no llevaba al descubierto ni un centímetro de piel. Fue el sonido de aquella voz profunda lo que acicateó sus recuerdos y su libido. Sin embargo, no tardó mucho en volver a reconocer su magnífico cuerpo y la sensualidad natural que parecía emanar de ella en oleadas prácticamente tangibles.

Llevaba puestos unos vaqueros y una camisa blanca. Sin embargo, la sencillez de su atuendo no lograba ocultar las sugerentes curvas que había debajo. Un espeso cabello negro le caía con lustre por los hombros. Unos ojos del color del mar lo estudiaban con una cierta mofa latente en sus profundidades. Niccolò tragó saliva. Se le había olvidado la pálida cremosidad de su piel y sus sonrosados labios. Se le había olvidado lo que aquella tentadora medio irlandesa de padre desconocido podía ocultar bajo la piel sin ni siquiera intentarlo.

Ella llevaba un broche con forma de libélula sobre el cuello de la camisa, que hacía juego con el maravilloso color azulado de sus ojos. Aunque la despreciaba, Niccolò no pudo hacer nada para evitar el deseo que tensó su cuerpo. Ella le hacía pensar en cosas sobre las que prefería no hacerlo, sobre todo en el sexo.

–¿Acabo de escuchar cómo se tomaba mi nombre en vano? –bromeó ella–. ¿Te gustaría que me marchara y volviera a entrar?

–Eres libre de marcharte cuando quieras –respondió él fríamente–. ¿Por qué no nos haces a todos un favor y te saltas la segunda parte de tu sugerencia?

Ella levantó la barbilla y le dedicó una sonrisa que no se le reflejó del todo en los ojos.

–Veo que no has perdido nada de tu encanto natural, Niccolò –replicó ella ácidamente–. Se me había olvidado que eres capaz de tomar la palabra «insulto» y darle un nuevo significado.

Niccolò sintió que el pulso comenzaba a latirle en la sien a medida que la sangre se le fue caldeando. No obstante, lo peor era la oleada de lujuria que le endureció de un modo insoportable la entrepierna. De repente, deseó apretar la boca sobre aquellos labios y borrar aquellas insolentes palabras con un beso para después hundirse en ella hasta que gritara su nombre una y otra vez.

La maldijo en silencio. Maldijo su seguridad en sí misma y su falta de moralidad. Maldijo aquellas pecaminosas curvas, que obligarían a un hombre adulto a caminar sobre cristales rotos ante la posibilidad de poder tocarlas.

–Discúlpame –gruñó–, pero, por un momento, no te reconocí con la ropa puesta.

Observó un gesto de contrariedad en el rostro de Alannah que le proporcionó un momento de placer al pensar que le había hecho daño. El mismo que ella le había hecho a su familia cuando amenazó con arruinar su apellido.

Sin embargo, ella no tardó en devolverle una resplandeciente sonrisa.

–No te voy a contestar a eso –le dijo mientras se volvía para mirar a Michela–. ¿Estás lista para la prueba?

Michela asintió, pero aún seguía observando con nerviosismo a Niccolò.

–Cómo me gustaría que los dos os comportarais civilizadamente el uno con el otro, al menos hasta que haya pasado la boda. ¿No podríais hacerlo por mí, solo esta vez? Después, no tenéis que volver a veros nunca más.

Niccolò miró a Alannah. Al imaginársela vestida con un traje de dama de honor comenzó a hervirle la sangre. ¿No se daba cuenta de que era una hipocresía hacerse la inocente en una ocasión como aquella? ¿No se daba cuenta de que sería mucho mejor para todos que ella simplemente se confundiera entre el resto de los invitados en vez de representar un papel tan importante? Pensó en los poderosos abuelos del novio y en la reacción que podrían tener si se dieran cuenta de que aquella era la misma mujer que se había masajeado unos pezones muy erectos vestida con un uniforme de colegiada. ¿Cuánto haría falta para persuadirla de que era una persona non grata?

Le dedicó a su hermana una débil sonrisa.

–¿Por qué no nos dejas solos para que Alannah y yo podamos charlar en privado, *mia sorella*? A lo mejor así podríamos resolver este asunto al gusto de todos.

Michela interrogó a su amiga con la mirada. Alannah asintió.

–Me parece bien –dijo–. Puedes estar tranquila de dejarme a solas con tu hermano, Michela. Estoy segura de que no muerde.

Niccolò se tensó cuando Michela abandonó la suite porque su deseo alcanzó cotas aún más altas. Se preguntó si Alannah habría realizado aquel comentario en tono deliberadamente provocador. Ciertamente, le gustaría morderla. Le encantaría hundir los dientes en el esbelto cuello y chupar ávidamente la cremosa piel.

Ella le miraba fijamente, con un cierto gesto de diversión aún latente en las misteriosas profundidades de sus ojos.

–Adelante, Niccolò –dijo ella–. Tú dirás. ¿Por qué no dices lo que te está reconcomiendo por dentro para poder aligerar el ambiente y darle a tu hermana la clase de boda que se merece?

–Al menos estamos de acuerdo en algo –le espetó él–. Mi hermana se merece una boda perfecta, que no implique a una mujer que atraería publicidad negativa al evento. Siempre has tenido una vena salvaje, incluso desde antes de que se te ocurriera desnudarte ante las cámaras. No creo que sea aceptable que todos los hombres presentes en la ceremonia estén desnudando mentalmente a la dama de honor en vez de concentrarse en los solemnes votos que los novios están intercambiando.

–Para ser una persona que se ha pasado toda la vida eludiendo el compromiso, aplaudo tu repentina dedicación al sacramento del matrimonio –replicó ella sin que se le borrara la sonrisa–. Sin embargo, no creo que la mayoría de los hombres estén tan obsesionados con mi pasado como tú.

–¿Acaso crees que estoy obsesionado con tu pasado? No te engañes. Si te crees que te he dedicado algo más de un pensamiento pasajero en los años que han transcurrido desde que llevaste a mi hermana por el mal camino, estás muy equivocada.

La miró de arriba abajo y se preguntó si se le habría notado en el rostro que estaba mintiendo. La verdad era que jamás la había olvidado. Durante mucho tiempo, había soñado con su suave cuerpo y sus dulces besos antes de despertarse cubierto de un sudor frío al recordar lo que había estado a punto de hacerle.

–Creía que ya no formabas parte de su vida –añadió–. Y así es precisamente como me gustaría que fuera.

Alannah le devolvió tranquilamente la mirada. Se dijo que no debía reaccionar fuera cual fuera la manera que él tuviera de provocarla. Sabía lo suficiente como para comprender que permanecer tranquila, o al menos aparentarlo, era el arma más eficaz para enfrentarse a un adversario. Y Niccolò da Conti lo era.

Sabía que él la culpaba de ser una mala influencia para su adorada hermana, por lo que tal vez no debería sorprenderla que él no hubiera olvidado el pasado. Sabía por un artículo que había leído en la prensa que no era un hombre que olvidara con facilidad. De igual modo, tampoco era la clase de hombre al que se pudiera olvidar fácilmente. Emanaba riqueza y poder. Podía silenciar una sala tan solo haciendo acto de presencia. Era capaz de conseguir que una mujer lo deseara tan solo mirándola aunque, en aquellos momentos, la estuviera observando a ella como si fuera un insecto que acabara de salir de debajo de una piedra. ¿Qué derecho tenía a mirarla de aquel modo después de tantos años, tan solo porque ella hizo algo que escandalizó su estricta moralidad, algo que ella llevaba toda una vida lamentando? Alannah ya era una persona completamente diferente y él no tenía derecho alguno a juzgarla.

Sin embargo, se estaba saliendo con la suya. El desprecio con el que la observaba estaba teniendo un curioso efecto en ella. Aquella mirada oscura amenazaba con desestabilizar una actitud que ella llevaba años tratando de perfeccionar. Si no tenía cuidado, la aplastaría. «Dile que se guarde sus remilgadas opiniones para sí mismo, que no te interesa lo que tenga que decir».

Sin embargo, su indignación empezó a evaporarse cuando vio que él se desabrochaba el primer botón de la camisa. Con ese gesto, consiguió atraer la atención de Alannah hacia su cuerpo. ¿Lo estaba haciendo a propósito? No le gustaba sentir que el vientre se le había licuado de repente. ¿Estaba Niccolò tratando de recordarle una potente sexualidad que, en el pasado, la había dejado sin sentido?

El corazón le latía alocadamente y las mejillas se le habían ruborizado. Tal vez Niccolò no le gustara y le considerara la persona más controladora que había conocido en toda su vida, pero eso no le impedía desearle de un modo en el que jamás había deseado a nadie. No importaban las veces que hubiera tratado de olvidar lo que ocurrió o de restarle importancia. No le servía de nada. Lo único que habían compartido había sido un baile y un beso, pero había sido la experiencia más erótica de la vida de Alannah, una experiencia que ella jamás había olvidado. Había convertido al resto de los hombres que había conocido en sombras. Había hecho que cualquier otro beso le produjera la misma excitación que besar a un osito de peluche.

Lo miró y deseó que él fuera uno de esos hombres que engordan pasados unos años o que su rostro hubiera perdido masculinidad y angulosidad. Desgraciadamente, no había sido así. Niccolò poseía un físico poderoso y atractivo. Sus masculinos rasgos no poseían una belleza clásica, pero sus labios eran un pecado aunque su suave sensualidad chocara con el brillo hostil de sus ojos.

Hacía diez años que no lo veía. Diez años podían ser toda una eternidad. En ese tiempo, ella había adquirido una notoriedad de la que no era capaz de desprenderse por mucho que lo intentara. Se había acostumbrado a que los hombres la trataran como a un objeto, que se fijaran tan solo en sus generosos pechos mientras hablaban con ella.

En esos diez años, había visto cómo su madre enfermaba y moría. Al día siguiente del entierro, se dio cuenta de que estaba sola en el mundo. Entonces, decidió examinar su vida y comprendió que debía dejar atrás el mundo de las modelos eróticas para tratar de encontrar algo nuevo. No le resultó fácil. Sin embargo, al menos lo había intentado y seguía intentándolo. Aún soñaba con una oportunidad. Trataba de reforzar su frágil ego y tener la cabeza bien alta para aparentar que era fuerte y orgullosa, aunque a veces se sintiera tan perdida y asustada como una niña pequeña. Había cometido muchos errores, pero había pagado por todos y cada uno de ellos. No iba a permitir que Niccolò da Conti se deshiciera de ella como si no importara.

De repente, le resultó difícil permanecer tranquila cuando él la miraba de aquel modo. Una chispa de rebeldía prendió dentro de ella y la animó a enfrentarse a aquella mirada de desdén.

—Tú, por supuesto, eres más puro que la nieve recién caída —le dijo con sarcasmo—. Lo último que leí sobre ti era que estabas saliendo con una economista noruega, a la que luego dejaste del modo más horrible posible. Aparentemente, tienes la reputación de hacer precisamente eso, Niccolò. En el artículo, ella decía lo cruel que habías sido, aunque supongo que eso no debería sorprenderme.

—Yo prefiero considerarlo sinceridad en vez de crueldad, Alannah —repuso él—. Algunas mujeres simplemente no son capaces de aceptar que una relación ha terminado y me temo que Lise era una de ellas. No obstante, me resulta muy interesante saber que me has estado siguiendo durante todos estos años —añadió con una sonrisa—. Supongo que los multimillonarios solteros deben de tener un cierto atractivo para las mujeres como tú, que son capaces de hacer cualquier cosa por dinero. Dime, ¿los estudias igual que a alguien a quien le gusta apostar lo hace con los caballos antes de la carrera?

Alannah se tensó. Niccolò había hecho que pareciera que ella lo estaba acosando. Estaba tratando de conseguir que ella se sintiera mal consigo misma. No iba a permitirlo.

–Vaya, ¿quién se está ahora imaginando algo que no es? Eres amigo del sultán de Qurhah. Sales a cenar con miembros de la familia real. Las fotos suelen aparecer en los periódicos sensacionalistas, junto con especulaciones sobre por qué se vio a tu acompañante llorando frente a tu apartamento a la mañana siguiente. No me des lecciones sobre moralidad, Niccolò, cuando no sabes nada de mi vida.

–Y preferiría que siguiera siendo así. De hecho, me gustaría que te mantuvieras todo lo alejada que fuera posible de cualquier miembro de mi familia. ¿Por qué no hablamos de negocios?

Alannah parpadeó.

–¿De negocios?

–Claro. No te sorprendas tanto. Ya eres una mujer, Alannah. Ya sabes cómo funcionan estas cosas. Tú y yo tenemos que tener una pequeña charla y sería mejor mantenerla con un cierto grado de comodidad. ¿Te apetece una copa? ¿No optan las mujeres como tú siempre por el champán? Te puedo garantizar que será muy bueno.

«Contente», se dijo Alannah.

–Odio desafiar tus estereotipos –replicó con una sonrisa–, pero no me vuelve loca el champán y, aunque así fuera, no querría beberlo contigo. Eso podría implicar una cordialidad que los dos sabemos que no existe. ¿Por qué no dices lo que tengas que decir para poder terminar con esta conversación lo antes posible? Tengo que ocuparme de la prueba del vestido de novia de Michela.

Niccolò tardó unos segundos en contestar, segundos que empleó en observarla de la cabeza a los pies.

–Creo que los dos conocemos una manera muy sencilla de resolver esto. Lo único que tienes que hacer es dar un paso atrás y dejar de ser el centro de atención. Si lo haces, no habrá problema alguno. Michela se va a casar con un hombre muy poderoso. Con el tiempo, espera tener hijos y las amigas que ella tenga serán modelos de comportamiento para ellos y...

–¿Y? –le preguntó Alannah a pesar de que resultaba evidente lo que él estaba a punto de decir.

–Tú no eres un modelo de comportamiento apropiado. Tú no eres la clase de mujer que yo querría que se relacionara con mis sobrinos.

–No te atrevas a juzgarme –le espetó ella con voz temblorosa.

–En ese caso, ¿por qué no hacerlo fácil? Dile a Michela que has cambiado de opinión sobre lo de ser su dama de honor.

–Demasiado tarde. Ya tengo hecho el vestido. Lo tengo en mi habitación, esperando a que me lo ponga mañana a mediodía. Voy de seda escarlata para enfatizar el tema invernal de la boda –añadió, como si aquel detalle importara.

–Eso no va a ocurrir. ¿De verdad crees que yo lo permitiría?

–Me haces parecer una mujer malvada.

–Malvada no –la corrigió él–. Tan solo mal aconsejada, fuera de control y muy precoz sexualmente. No quiero publicidad generada por la presencia de la *pinup* más famosa de la revista *Pechugonas*.

–Pero nadie...

–Michela ya ha tratado de convencerme de que no tiene por qué saberlo nadie, pero lo sabrán. Las revistas para las que te desnudaste se han convertido en objetos de coleccionista y ahora se venden por miles de dólares. Además, se me acaba de informar de que una película tuya está en YouTube. No importa lo que lleves o no lleves puesto. Sigues teniendo el cuerpo que ocupa la parte más susceptible de la imaginación de un hombre. Los hombres te miran y se encuentran pensando en una sola cosa.

Desgraciadamente, las palabras de Niccolò dieron en el blanco. El inteligente y cruel Niccolò había dado con su mayor inseguridad. Había conseguido que ella se sintiera como un objeto y no como una mujer. Tan solo era una imagen en una revista, puesta allí con la única intención de provocar la lujuria en los hombres.

La persona que era en aquellos momentos no permitiría que los pezones se le asomaran entre los dedos mientras posaba frente a una cámara. En aquellos momentos, preferiría morirse antes que engancharse los pulgares en las braguitas y colocar la pelvis en dirección al objetivo. Desgraciadamente, había tenido que hacerlo por una serie de razones que la moral de Niccolò no comprendería ni en un millón de años.

—Eras famosa, Alannah —prosiguió él—. Esa clase de fama no desaparece fácilmente. Se pega como el barro a la piel.

Ella lo miró con desesperación. Como si no lo supiera. Llevaba años viviendo con las consecuencias de aquel trabajo. Por supuesto que Niccolò no lo entendía. Veía tan solo lo que quería ver. Nada más. No tenía la imaginación suficiente para ponerse en el lugar de otra persona y pensar cómo sería su vida. Él contaba con la protección de su riqueza, de su posición y de su arrogancia.

Quería acercarse a él, zarandearle y decirle que borrara aquella imagen de ella y comenzara a verla como a una persona que había cometido un error en el pasado. Comprendía perfectamente por qué Michela le tenía tanto miedo cuando las dos estaban juntas en el colegio. No era de extrañar que la muchacha se hubiera rebelado desde el momento en el que él la dejó en el exclusivo internado suizo en el que la madre de Alannah trabajaba como enfermera.

–Lo más importante para mí es que Michela me quiere aquí –dijo ella–. Es su día y es la novia. Por lo tanto, a menos que me ates y me secuestres, tengo la intención de estar a su lado mañana.

–A menos que encontremos un acuerdo que nos beneficie a todos. Eres una mujer de mundo, Alannah. Debe de haber algo que quieras en tu vida.

–¿Algo que yo quiera? ¿Te refieres a algo así como una cura para un resfriado común o un despertador que no desees hacer pedazos cada vez que suene?

–Muy graciosa. No, no me refería a nada de eso. Soy un hombre muy rico –dijo con un brillo inconfundible en sus ojos negros–. Estoy dispuesto a compensarte si le dices a Michela que has cambiado de opinión.

Ella lo miró con incredulidad.

–A ver si lo entiendo –dijo–. ¿Me estás ofreciendo dinero por mantenerme alejada de tu hermana y que no sea su dama de honor?

–¿Por qué no? En mi experiencia, si se quiere algo con suficiente intensidad, normalmente se consigue. Lo difícil es el precio de la negociación. Sin embargo, me imagino que eso es algo que a ti se te da muy bien.

–Pero... pero es soborno.

–Prueba a llamarlo sentido común –le sugirió él.

–¿Sabes una cosa? –repuso ella sacudiendo la cabeza–. Michela solía decirme lo increíblemente controlador que eras. Una parte de mí pensaba que ella estaba exagerando. Sin embargo, ahora me doy cuenta de que es totalmente cierto.

–No busco que me des tu aprobación sobre mi manera de ser. Solo piensa en por qué te estoy haciendo este ofrecimiento.

–¿Porque eres un obseso del control?

–Porque Michela lo significa todo para mí –afirmó él.

La voz de Niccolò se endureció al recordar lo mucho que se había esforzado en proteger a su hermana de los pecados de su padre. Y de su madre. Pensó en la huida de Sicilia, cuando su madre estaba embarazada de Michela y no sabían lo que les depararía el futuro. Niccolò tenía entonces tan solo diez años, pero él era la persona en la que se habían apoyado todos. Había sido el hombre de la casa y resultaba difícil deshacerse de ese papel y de tantas responsabilidades y expectativas.

–Michela es la única familia que me queda en el mundo y haría lo que fuera por ella –gruñó.

–Menos darle la libertad que puede esperar una mujer de su edad –replicó Alannah–. Bueno, pues me alegro de que ella tenga el valor de enfrentarse a ti. Tal vez así conseguirá que te des cuenta de que no puedes seguir chascando los dedos y esperar que todo el mundo te preste atención. No me voy a marchar a ninguna parte hasta después de la boda. Es mejor que te vayas haciendo a la idea, Niccolò.

Las miradas de ambos se encontraron. Niccolò experimentó una sensación desconocida. Por supuesto, ella era única. Llevaba el desafío a un nivel diferente y le daba un aspecto erótico. Ella hizo que Niccolò deseara tomarla entre sus brazos y dominarla, mostrarle que no se achantaría. Dio un paso hacia ella y sintió una oleada de primitivo placer al ver que los ojos de Alannah se oscurecían. Ella seguía deseándole. Tal vez no tanto como él la deseaba a ella, pero lo que veía en los ojos de Alannah era inconfundible.

¿Acaso no podía ser el deseo el arma más poderosa? ¿No le daba el sexo a un hombre el poder sobre una mujer?

–¿Por qué no piensas en lo que te he dicho? Así, cuando nos veamos en la cena de esta noche, habrás tenido el sentido común de cambiar de opinión sobre mi oferta.

Ella entornó los ojos.

–Pero...

–¿Qué? –repuso él con mirada desafiante.

–Yo... Es que, bueno, Michela dijo que probablemente no ibas a ir a la cena y que no te veríamos hasta mañana. Que tenías algo que hacer relacionado con un negocio sobre un nuevo bloque de apartamentos que has construido en Londres.

–¿Eso es lo que te dijo? Bueno, pues ya no es así. He decidido que los negocios pueden esperar. Me ha surgido algo mucho más importante. ¿Qué es lo que se suele decir? Mantén cerca a tus amigos, pero más aún a tus enemigos. A ti, Alannah, te quiero cerca por muchos motivos. Puedes estar segura.

Capítulo 2

ALANNAH se subió la cremallera del vestido de cóctel y se miró en el espejo. Estaba muy pálida. Había tratado de relajarse con la respiración e incluso había realizado una rápida sesión de yoga, pero aún seguían temblándole las manos y sabía por qué. Se puso un par de zapatos de tacón y sintió que una oleada de autorrecriminación se apoderaba de ella.

Pensó en las cosas que Niccolò le había dicho. El modo en el que la había insultado. La había estado juzgando del modo más negativo posible, pero eso no le había impedido a ella desearlo. Se echó a temblar. ¿Dónde estaba el respeto por sí misma que tanto se había esforzado por conseguir? Se preguntó qué le había pasado a la tranquila Alannah, la que no iba a permitir que él le afectara. ¿Cómo había conseguido derribar él la muralla tras la que se protegía con tan solo una mirada tórrida que le recordaba cosas que más bien prefería olvidar?

La memoria era una herramienta muy extraña. En ocasiones, uno no tenía control alguno sobre ella y transportaba a las personas a instantes que se preferían olvidar. Podía hacer que diez años parecieran un minuto o que un minuto pareciera una hora. Podía transportar a tiempos pasados que se prefería no recordar.

De repente, se sintió de nuevo una adolescente.

Diecisiete años y a punto de romper las reglas. Iba a una fiesta con el maquillaje que su internado prohibía expresamente cuando debería haber estado en su habitación. Llevaba una minúscula minifalda porque era joven y libre, porque no se había dado cuenta de que el cuerpo de una mujer podía convertirse en su enemigo.

En realidad, una muchacha como ella no debería haber sido alumna del exclusivo internado femenino, situado entre las hermosas montañas de Suiza. No era rica ni estaba bien relacionada. Era solo la hija ilegítima de una madre soltera que trabajaba como enfermera en aquel elegante internado. Eso significaba que Alannah recibía una gran educación, pero su estatus suponía que la mayoría de las chicas simplemente la toleraban.

Michela da Conti era diferente. Ella era la única que le había tendido la mano de la amistad de un modo sincero, tal vez porque tenían algo en común. Alannah llevaba toda la vida rebelándose contra su estricta madre mientras que Michela había conocido la tragedia muy pronto en su breve vida y quería escapar también de las ataduras que le imponía un hermano mayor muy controlador.

Normalmente, su rebeldía no iba más allá de tomarse alguna copa que otra en un bar o sentarse en la ventana para fumar sin ponerse enfermas. Sin embargo, una noche oyeron hablar de una fiesta. Se trataba de la celebración de vigésimo primer cumpleaños de uno de los ahijados de Niccolò que iba a celebrarse cerca de allí.

—¡Y vamos a ir! —le había dicho Michela muy alegremente.

—¿Y tu hermano? ¿No estará él allí?

–Claro que no –replicó Michela con una sonrisa de satisfacción–. Aparentemente, está a miles de kilómetros, en un carísimo hotel de Barbados con su última novia. Por lo tanto, estamos a salvo.

Alannah recordaba haber entrado en una sala muy concurrida, donde había luces de colores y la música resonaba en los altavoces. El minivestido plateado que había tomado prestado se le ceñía al cuerpo como una segunda piel. La invitaban constantemente a bailar, pero ella rechazaba a todos los chicos porque le resultaban demasiado bulliciosos y alocados.

Hizo todo lo que pudo por divertirse. Se tomó un refresco mientras admiraba el paisaje nevado. Después de ir al cuarto de baño, se pasó diez minutos acariciando a un gatito que encontró mientras deseaba poder marcharse al internado. Cuando regresó a la sala para buscar a Michela y sugerirle que las dos regresaran en taxi al colegio, no la encontró por ninguna parte. Por lo tanto, se fue a un rincón y se perdió entre las sombras mientras todos los demás disfrutaban de la fiesta. Entonces, lo vio.

Jamás había podido olvidar aquel momento. Era alto y tenía el cabello negro como la noche. Los ojos eran negros también. Iba vestido con un traje oscuro, que le daba un aspecto muy sofisticado, pero Alannah sentía algo primitivo en él. Tenía el brillo de ojos de un depredador. Ese hecho debería haberla asustado cuando se dio cuenta de que se acercaba a ella. No fue así.

Fue el pensamiento más ilógico que había tenido jamás, pero, en ese momento, se sintió como si llevara toda la vida esperando a que él apareciera. Y allí estaba.

Él la miró de arriba abajo, como si tuviera todo el derecho a estudiar a una mujer como si fuera un coche que estuviera pensando en comprar. Sin embargo, ningún coche le habría hecho sonreír de ese modo. Se trataba de una sonrisa que provenía desde lo más profundo de su ser, una sonrisa que atravesaba el corazón de Alannah y hacía que le temblaran las rodillas.

—Creo que necesitas bailar —le dijo.

—No se me da muy bien bailar.

—Eso es porque nunca has bailado conmigo. Ven aquí y deja que te enseñe.

Después, se arrepintió del ansia con la que había caído entre los brazos de él. Dejó que un desconocido la rodeara con sus brazos como si lo conociera desde hacía muchos años. Él le colocó la mano sobre el cabello y comenzó a acariciárselo. De repente, Alannah deseó ronronear como el gatito al que ella había estado acariciando antes.

Se dijeron muy poco. La música estaba tan alta que no permitía la conversación. Además, no era precisamente en la conversación en lo que Alannah estaba pensando en aquellos momentos. Las palabras parecían superfluas. Bailaban lentamente, tanto que apenas se movían. Sus cuerpos parecían estar pegados. Alannah estuvo a punto de llorar de placer. ¿Sintió él lo mucho que estaba disfrutando? ¿Fue esa la razón de que le acercara los labios al oído para susurrarle y hacerle sentir el cálido aliento sobre la piel?

—Eres una mujer muy hermosa —le dijo con un acento siciliano que ella reconoció enseguida.

Resultaba extraño cómo algunas personas conectaban inmediatamente. Alannah, a pesar de lo inexperta que era, no respondió de un modo convencional. No se sonrojó ni le dijo que ella no era hermosa.

—Tú también eres muy guapo —replicó mirándole a los ojos.

—Entonces, somos la pareja perfecta —respondió él con una sonrisa.

Ella echó la cabeza un poco hacia atrás.

—¿No te estás precipitando un poco?

—Probablemente —susurró él acercando el rostro de nuevo al de ella—, en especial porque no nos hemos besado. ¿Crees que deberíamos subsanar ese error? Yo creo que deberíamos hacerlo ahora mismo.

Alannah recordaba que el corazón le latía a toda velocidad en el pecho. Que la boca se le había secado y que las palabras le salieron a trompicones de entre los labios.

—¿Y quién dice que voy a besarte?

—Yo.

Y así fue.

En un rincón en penumbra de una casa en Suiza, mientras los copos de nieve flotaban en el exterior como si fueran plumas blancas, él la besó.

La besó tan intensamente que Alannah creyó que se iba a desmayar. La besó durante mucho tiempo, pero ella jamás deseó que se detuviera. Fue como un montón de palitos secos que ella había reunido junto a su madre mientras estaban de vacaciones en Irlanda, mucho tiempo atrás. Recordó cómo ardieron en el momento en el que su madre aplicó una cerilla. Eso mismo fue lo que le ocurrió a ella.

Estaba ardiendo.

El pulgar de él le rozaba uno de los senos. Alannah se contoneó de excitación. Aquello debía de ser su destino en la vida, estar entre los brazos de un hombre y dejar que él la tocara, que la mirara como si fuera la mujer más hermosa del mundo. Él profundizó el beso y le colocó un muslo entre los de ella. De repente, el ambiente cambió. Se hizo más cargado. Alannah sintió que se le humedecía la entrepierna y que los pezones se le erguían casi dolorosamente al rozarse insistentemente contra el torso de él. Cuando se apartó de ella, él tenía la respiración entrecortada y un gesto primitivo en el rostro que ella no supo reconocer.

—Es mejor que nos vayamos a otro lugar más cómodo —susurró él—. Un lugar que tenga cama.

Alannah no tuvo opción de replicar porque, de repente, se produjo una especie de conmoción en la puerta. Sintió que él se tensaba cuando vio a Michela entrar en la sala con el cabello cubierto por la nieve. La mirada de culpabilidad que se reflejó en el rostro de su amiga al ver a Niccolò contaba perfectamente toda la historia.

Desgraciadamente, Michela iba rodeada del humo dulzón de la marihuana. Mayor desgracia fue que, al día siguiente, Niccolò se enterara de que las dos ya tenían una advertencia por parte de la dirección de la escuela al haber sido sorprendidas fumando en el alféizar de una ventana.

Alannah jamás olvidaría cómo la pasión murió en el rostro de Niccolò y se vio reemplazada por desaprobación.

—¿Tú eres la amiga de mi hermana? —le preguntó con incredulidad—. ¿Su amiga?

—Sí.

—¿Cuántos años tienes?

—Diecisiete.

El rostro de Niccolò palideció.

—Entonces, Michela se relaciona con una *puttana*, con una mujerzuela que se ofrece a los desconocidos en las fiestas.

—No recuerdo que tú te hayas negado —tartamudeó ella tratando de defenderse.

–Ningún hombre se niega cuando una mujer se le ofrece de ese modo –le espetó él.

Al día siguiente, sacó a Michela del internado. Poco después, Alannah y su madre tuvieron que acudir a hablar con la directora. Evidentemente, esta estaba furiosa ante la perspectiva de tener que despedirse de las generosas donaciones de Niccolò da Conti. Le dijo a Alannah que su comportamiento había sido inaceptable. Su madre evitó la inevitable expulsión ofreciendo su dimisión.

–No voy a consentir que mi hija sea el chivo expiatorio de una niña rica –dijo con fiereza–. Si va a hacer usted que mi hija cargue con toda la culpa, esta no es la clase de escuela idónea para ella.

Por supuesto, aquel no fue el fin, sino el inicio de una pesadilla que hizo que todo lo ocurrido con Niccolò ocupara un segundo plano. Sin embargo, jamás había renegado de Michela y esta había permanecido fiel a ella desde entonces.

Sacudió la cabeza para librarse de sus pensamientos y vio a su amiga mirándola a través del espejo del tocador.

–Tal vez sería mejor que me marchara –Alannah suspiró–. Si esto va a crear una enorme pelea entre tu hermano y tú, prefiero ocupar un segundo plano y tirarte pétalos de rosa como los demás. No pasa nada.

Michela la observó atentamente. Entonces, dejó el cepillo sobre el tocador.

–¿Y dejar que Niccolò se salga con la suya? No lo creo. Tú eres mi mejor amiga, Alannah y quiero que estés presente. De hecho, creo que le hará bien a Niccolò en todos los aspectos. Jamás he oído que nadie le hable del modo en el que lo haces tú. Nadie más se atrevería.

Alannah se preguntó lo que Michela diría si supiera que gran parte de la actitud que ella presentaba ante su hermano era bravuconería. Que sus sentimientos hacia él eran... complicados. ¿Se sorprendería si supiera la verdad? ¿Que solo tenía que mirarlo para desear rasgarle la ropa y darse un festín con aquella piel morena? Que, de algún modo, él provocaba unos sentimientos salvajes en ella que la asustaban, unos sentimientos que sabía que estaban mal. Y no solo eso. Sabía también perfectamente que aquellas fantasías sexuales sin freno que tenía hacia él no eran, desgraciadamente, nada más que eso. Fantasías.

Forzó una sonrisa.

—Está bien. Si insistes, así será. En ese caso, lo mejor será que nos pongamos manos a la obra. Sé que es tradicional que la novia tenga al novio esperando en el gran día, pero no en la cena de la víspera de la boda.

Bajaron en ascensor hasta el salón donde se iba a celebrar la cena. Se habían colocado un conjunto de mesas circulares para los invitados. El techo azul oscuro tenía una serie de pequeñas luces que le daban la apariencia de un cielo estrellado. A la luz de cientos de velas, los invitados tomaban champán mientras que el aroma de los jacintos perfumaba el ambiente.

Al ver a la novia, todos comenzaron a aplaudir. Alannah se inclinó hacia Michela para susurrarle al oído.

—Es tu noche. Brilla. ¿Hay algo de lo que necesites que me ocupe?

Michela negó con la cabeza. Ya había visto a Lucas al otro lado de la sala.

—No. Brilla tú también —le dijo—. Y tómate un cóctel muy grande antes de que nos sentemos a cenar. Pareces completamente agotada, Alannah.

Sin embargo, Alannah no quería beber. Una copa con el estómago vacío era garantía segura de desastre. Lo único que tenía que hacer era pasar las siguientes treinta y seis horas sin desmoronarse. Era perfectamente capaz de hacerlo.

Entonces, miró a su alrededor y vio a Niccolò. Todos sus buenos propósitos parecieron esfumarse.

Estaba de pie charlando con una rubia cuyo vestido de lentejuelas dejaba poco a la imaginación, algo que no parecía representar problema alguno para él. La mujer lo miraba y asentía atentamente, como si nada más que perlas de sabiduría pudieran salir de esos labios tan crueles y maravillosos. Había también otras mujeres a su alrededor, como si él fuera un tiburón y ellas las rémoras que estuvieran esperando a recoger las migajas que él quisiera dejarles.

Niccolò levantó la cabeza como si presintiera que ella lo observaba y la miró directamente. Sus miradas se encontraron. Alannah se sintió atravesada por aquella mirada. Se quedó aterrada al pensar que él sería capaz de ver a través de todas las inseguridades que ella trataba de ocultar bajo aquella fría apariencia. Trató de apartar la mirada, pero no pudo. Él parecía estar atrayéndola con la fuerza de su poderosa voluntad.

Trató desesperadamente de recomponerse, de concentrarse en algo que no fuera lo guapo que él estaba con aquel traje oscuro, pero no pudo. Notó que él se inclinaba sobre la rubia y le decía algo. La mujer se volvió a mirar a Alannah y a ella le pareció ver que los ojos de la otra mujer se teñían de una ligera sorpresa.

Se giró ligeramente para hablar con alguno de los otros invitados, que parecían realmente encantados por su acento británico. Durante unos instantes, se permitió relajarse antes de que la cena comenzara. Cuando se le indicó dónde debía sentarse, vio que estaba junto a Niccolò. Por supuesto. Michela le había dejado muy claro que quería que los dos se llevaran mejor. Se preguntó qué iba a hacer su amiga cuando se diera cuenta de que aquello, sencillamente, no iba a ocurrir.

Mientras se dirigía hacia la mesa, el corazón le latía dolorosamente. De repente, sintió la presencia de Niccolò antes de llegar a la mesa. Tenía las manos sudorosas y se sentía muy nerviosa, pero, de algún modo, consiguió fijar una amplia sonrisa sobre los labios mientras se volvía para mirarlo.

—¡Niccolò! —exclamó alegremente.

—Justo la persona junto a la que querías sentarte, ¿verdad?

—¿Cómo lo has adivinado? —preguntó ella sin dejar de sonreír—. Eras el primero de mi lista.

Se tensó cuando él se inclinó sobre ella para darle un beso en ambas mejillas, tal y como hubiera hecho con cualquier otra invitada. Alannah se preguntó si otra invitada habría reaccionado como ella, con el pulso a toda velocidad y el deseo de levantar la barbilla para que él no tuviera más remedio que besarla en los labios. Se encontró deseando levantar la mano para acariciar aquella dura y esculpida mandíbula. Quería apretar los labios contra la oreja y besársela. Era una locura. ¿Cómo podía desear a un hombre de aquel modo cuando ni siquiera le gustaba?

«Basta ya».

Él sacó la silla y la ayudó a sentarse con exagerada cortesía. ¿Sabía él el efecto que producía en ella? ¿Se había dado cuenta de que a Alannah le temblaban las piernas y que los senos se le erguían buscando sus caricias? Se sentó junto a ella. Alannah pudo notar su cálido y masculino aroma. Extendió la mano y tomó la copa de champán para dar un sorbo.

Sentía que él la estaba observando mientras bebía. No le gustaba demasiado el champán. Dejó la copa sobre la mesa y se volvió a mirarlo. No podían seguir así, sobre todo porque aún quedaba un día y medio.

—Creo que Michela nos ha sentado juntos deliberadamente.

—¿Por qué?

—Creo que espera que declaremos una especie de tregua.

—¿Y por qué? ¿Acaso estamos enzarzados en una batalla?

—No te hagas el ingenuo, Niccolò. Sabes muy bien que es así. Desde que nos hemos vuelto a ver, no hemos hecho más que discutir. A pesar de que eso parece ser lo que tú quieres, tu hermana y yo preferiríamos que pudiéramos comportarnos civilizadamente, al menos en público.

Niccolò la miró a los ojos y asintió. Pensó en lo equivocada que estaba. Lo último que quería era entablar batalla con ella. Lo que necesitaba de Alannah Collins era mucho más elemental. Tal vez debería haberlo hecho de un modo más convencional pidiéndole una cita si ella no hubiera sido la clase de mujer que despreciaba.

Aquella noche, no había nada en ella de la precoz adolescente ni de la sensual modelo erótica. La imagen que presentaba era casi recatada. Llevaba un vestido de seda azul marino de cuello alto que le llegaba por la rodilla. Un pequeño broche con forma de mariposa era la única joya que llevaba puesta. Sus mejores atributos, sus senos, quedaban sutilmente ocultos. Niccolò tragó saliva. ¿Era ella consciente de que resultaba igual de provocativo ocultar algo que mostrarlo abiertamente?

Por supuesto que sí.

Comerciar con su sexualidad había sido su modo de ganarse la vida. Sabía todo lo que tenía que saber sobre cómo provocar a un hombre y dejarlo deseando más.

Se colocó la servilleta sobre el regazo y frunció el ceño al recordar la primera vez que la vio, en la fiesta de cumpleaños de su ahijado.

Recordó el maravilloso vestido plateado que se le ceñía al cuerpo como si fuera mantequilla fundida. En aquel momento, le pareció que no había visto nunca nada tan atractivo. No era que se sintiera frustrado sexualmente o que llevara demasiado tiempo sin estar con una mujer. Lo único que sabía era que le había sido imposible apartar los ojos de ella.

La mirada que los dos intercambiaron fue eterna. La lujuria que se apoderó de él fue casi tangible. Nunca antes había experimentado nada similar. Ni antes ni después. La firmeza de su masculinidad había sido casi insoportable mientras bailaba con ella. Algo primitivo y elemental se había apoderado de ella y había hecho que él se sintiera prácticamente perdido. El baile había sido una simple formalidad, un preludio para el primer beso. Se besaron largamente y, durante ese tiempo, Niccolò sintió la necesidad de llevarla a un lugar oscuro y anónimo para poseerla. Detestaba perder el control, pero ni siquiera su propia experiencia vital había bastado para quitarle la idea.

Estaba a punto de llevársela al hotel cuando se produjo un revuelo junto a la puerta. Vio a Michela riéndose mientras entraba por la puerta de la casa, acompañada por un grupo de chicos. Su hermana. Tenía el cabello cubierto de copos de nieve y la mirada de culpabilidad que le dedicó al verlo contaba perfectamente la historia de lo ocurrido.

Fue entonces cuando él descubrió que Alannah Collins no era una invitada de unos veintitantos años, sino la amiga adolescente de su única hermana, una chica salvaje y alocada que amenazaba con arruinar la reputación de Michela y acarrear la vergüenza para el apellido Da Conti después de que él se hubiera pasado años sacándolo del fango.

¿Acaso era de extrañar que la despreciara? ¿Acaso era de extrañar que se despreciara a sí mismo sabiendo lo que había estado a punto de hacerle, lo que aún seguía queriendo hacerle?

Se reclinó sobre la silla sin prestar atención a los platos de salmón ahumado que les estaban poniendo delante.

—¿Le dijiste alguna vez a Michela lo que ocurrió entre nosotros? —le preguntó él de repente.

—No ocurrió nada —replicó ella tensándose un poco antes de volverse a mirarlo.

—¡Venga ya! —exclamó él con una dura risotada—. Habría pasado si mi hermana no hubiera llegado. Nunca he disfrutado de un baile tan erótico como el que tuve contigo. Un baile que indicaba directamente el dormitorio.

—Por el amor de Dios...

—¿Sabe Michela que habrías pasado la noche conmigo si ella no hubiera aparecido cuando lo hizo?

—De eso no puedes estar seguro.

—Claro que lo estoy. Y tú también. ¿Por qué no tratas de ser sincera contigo misma por una vez, Alannah? Sé lo suficiente sobre mujeres para darme cuenta de cuándo quieren que un hombre les haga el amor... y tú me lo estabas pidiendo a gritos aquella noche.

–¿De verdad? –preguntó ella mientras tomaba un sorbo de su copa con gesto nervioso.

–Y aún no me has contestado. ¿Qué le dijiste exactamente aquella noche a Michela?

–No le dije nada.

–¿Por qué no?

Alannah se encogió de hombros. No quería admitir la verdad. Había estado demasiado avergonzada de su propia reacción como para querer reconocerlo ante nadie, y mucho menos ante su mejor amiga. Se sentía sucia y barata. Michela le había advertido que a su hermano mayor le gustaba jugar con las mujeres, que las sustituía con la misma frecuencia que se cambiaba de camisa. Recordó que las dos estuvieron de acuerdo en que era muy triste que una mujer saliera con un hombre así. Sin embargo, ella había estado a punto de convertirse en una de esas mujeres. Niccolò tenía razón. Si Michela no hubiera entrado en aquel preciso instante...

Cerró brevemente los ojos. Seguramente, él la hubiera sacado al exterior y le hubiera arrebatado la virginidad contra el tronco de un duro y gélido árbol. Ciertamente, había estado dispuesta a ir al hotel con él.

Abrió los ojos y lo miró.

–¿Por qué no? Porque a pesar de que Michela te considera un obseso del control, te idolatraba. Yo sabía que tú eras la única familia que tenía. No quería desilusionarla diciéndole que te habías tirado a su mejor amiga.

–¿Que me había tirado a su mejor amiga? –repitió él con una cínica sonrisa–. Por favor... Desgraciadamente, no me di cuenta en aquel momento de que estaba con una menor que me podría haber ocasionado muchos problemas legales. Te guardaste para ti ese dato tan crucial.

–¿Por eso hiciste que me expulsaran?

–Yo no mencioné tu nombre cuando saqué a Michela del colegio –afirmó él.

–¿Hablas en serio?

–No había necesidad. Pensaba que estaba apartando a Michela de tu mal ejemplo. De lo que no me di cuenta era de que ibais a seguir siendo amigas a mis espaldas.

Alannah deslizó un dedo por la copa de champán.

–Todo eso ocurrió hace mucho tiempo.

–Supongo. Dado que tu papel parece no ser negociable, me imagino que voy a tener que ser amable contigo.

–¿Es eso posible?

–¿Que yo sea amable? ¿Acaso no lo crees?

–En realidad, no. Creo que sería lo mismo que alguien que cría a un tigre y luego espera que, cuando se hace adulto, se conforme con tomarse un platito de leche. Ingenuo y poco realista.

–Y nadie te acusaría a ti de eso.

–Ciertamente no alguien con una lengua tan afilada como la tuya, Niccolò.

Él se echó a reír y concentró su mirada en las manos de Alannah. Se percató de que ella no llevaba ningún anillo.

–Bueno, ¿qué has hecho con tu vida en los últimos diez años? Ponme al día.

Alannah tardó un instante en responder. Él no quería saber que su vida se había hecho pedazos cuando su madre murió y que, durante mucho tiempo, ella se había sentido completamente vacía. Los hombres como Niccolò no sentían interés alguno por las tristezas o las ambiciones de otras personas. Preguntaban por cortesía en las cenas porque era eso lo que les habían enseñado a hacer.

–Soy diseñadora de interiores.

–¿Sí? ¿Y cómo ocurrió eso? ¿Te despertaste una mañana y decidiste que se te daba muy bien elegir la ropa de cama?

–Es un comentario muy desafortunado.

–Conozco a bastantes diseñadoras de interiores –dijo él secamente–. Y a muchas mujeres ricas y aburridas que deciden considerarse expertas.

–Bueno, pues yo no soy rica ni estoy aburrida. Creo que el trabajo es mucho más que lo que tú acabas de decir. Estudié Moda y pensaba dedicarme a diseñar ropa, pero el mundo de la moda es muy duro. Resulta muy difícil conseguir dinero.

En especial cuando una mujer tiene un pasado que provoca que las personas formen juicios negativos sobre ella.

–¿Y qué hiciste?

–Trabajé para una gran cadena de moda durante un tiempo –prosiguió mientras empujaba la comida con el tenedor por el plato–. Antes me di cuenta de que lo que se me daba mejor era crear una imagen. Me gusta combinar colores y telas para crear interiores muy interesantes. Me pasé varios años trabajando para una gran empresa y así poder ganar experiencia. Recientemente, me decidí y creé la mía propia.

–¿Y qué tal te va? ¿Cómo es que nunca he oído hablar de ti?

–Creo que soy buena. Échale un vistazo a mi sitio web y decídelo por ti mismo. La razón por la que no has oído hablar de mí es porque hay un millón de otros diseñadores. Sigo esperando mi gran oportunidad.

–¿Y tu carrera como modelo en topless? –le preguntó él–. ¿Qué pasó con eso?

Alannah trató de no mostrar sentimiento alguno, aterrorizada de que él pudiera ver lo mucho que aquella pregunta le había dolido. Y ella que había creído durante unos instantes que estaban cumpliendo su tregua y que estaban hablando el uno con el otro como dos seres humanos...

–¿Y así es como eres amable conmigo, Niccolò? ¿Tratándome como si yo fuera algo que te has encontrado en la suela del zapato?

–Lo único que estoy haciendo es realizar una pregunta perfectamente legítima sobre tu anterior profesión.

–Algo que no puedes hacer sin una expresión de asco en el rostro.

–¿Acaso no se sentiría asqueado alguien? –le preguntó él acaloradamente–. ¿No te parece que la idea de que una mujer comercie con su carne y la venda al mejor postor es horrible para un hombre que tenga un poco de decencia? Sospecho que el producto final debió de ser espectacular. Alannah Collins meneando el trasero.

Las palabras de Niccolò le recordaron a Alannah que lo que uno veía no era necesariamente lo que era. A pesar de su apariencia y su estilo de vida cosmopolita, Niccolò da Conti era un hombre muy tradicional. Sus opiniones y su moralidad eran de otra época. No era de extrañar que su hermana hubiera estado tan aterrorizada de él.

–Eran fotografías. Yo no tenía que menear nada.

–Ah, estás hilando demasiado fino –replicó él con una peligrosa sonrisa mientras rozaba el borde de la copa de champán con el dedo–. A menos que estés tratando de decirme que sujetarte los pechos y simular provocación sexual para la cámara mientras llevas puesto un uniforme escolar es un trabajo respetable para una mujer.

Alannah tomó un poco de salmón con la punta del tenedor, pero no consiguió llevárselo a la boca.

–¿Quieres que te diga por qué hice ese trabajo?

–Supongo que para ganar dinero fácil.

Ella dejó el tenedor sobre el plato. ¿De qué servía? A él no le importaba lo que la hubiera motivado a ella. La había juzgado en el pasado y seguía aún haciéndolo con la persona que ella parecía ser. Alguien que había bailado demasiado íntimamente con un desconocido en una fiesta. Alguien que había vivido de un modo algo alocado con su adorada hermana. Alguien que había descubierto que el único modo de mantener viva la esperanza era quitándose la ropa...

¿Quién podía culparlo por despreciarla, por no darse cuenta de que ella era mucho más que eso?

Se limpió los labios con la servilleta.

–Pensándolo bien, no creo que vaya a ser posible que los dos tengamos una relación cortés. En realidad, hay demasiada historia entre nosotros.

–O tal vez no la suficiente –replicó él con voz sedosa–. ¿No te parece que podría ser buena idea que forjáramos nuevos recuerdos, Alannah? ¿Algo con lo que pudiéramos dejar atrás todas las frustraciones del pasado?

Alannah se tensó. ¿Estaba él sugiriendo lo que ella creía que estaba sugiriendo? ¿Estaba flirteando con ella? Tragó saliva. ¿Y si fuera así? Si fuera así, Alannah tendría que manejar de otro modo la situación. Demostrarle que se respetaba a sí misma y a su cuerpo.

Le dedicó una sonrisa.

–No creo que eso vaya a ocurrir. Creo que necesitamos evitarnos todo lo que sea posible. Apoyaremos a Michela hasta el fin y trataremos de no permitir que la animadversión que sentimos el uno hacia el otro se note. Nada más que eso. ¿Por qué no me haces un favor y te pones a hablar con la mujer que tienes al otro lado? Lleva un buen rato tratando de conseguir que le prestes atención y es muy hermosa –concluyó. Entonces, tomó la copa de vino y dio un sorbo mientras le observaba por encima del borde–. Me sorprende que no te hayas dado cuenta, Niccolò.

Capítulo 3

FUE LA peor noche que Niccolò pasó en mucho tiempo. O tal vez era que no recordaba no haber podido dormir por una mujer. No hacía más que dar vueltas en la enorme cama de su habitación de hotel, tratando de convencerse de que Alannah había estado en lo cierto. Cuanto menos tiempo pasaran juntos, mejor. Sin embargo, cada vez que pensaba en separarse de aquellos ojos de aguamarina y aquella provocadora boca, sentía una incómoda sensación dentro de él.

¿Qué era lo que le ocurría?

Apartó de una patada la arrugada sábana y se dijo que Alannah no era su tipo de mujer. Ella representaba todo lo que despreciaba.

Como sabía que no iba a poder dormir, se ocupó de sus correos electrónicos y llamó a su asistente en Londres. Ella le informó de que Alekto Sarantos seguía muy descontento con la decoración de su ático. El multimillonario griego quería que supiera que el diseño del apartamento era demasiado insulso para su gusto y que, a pesar de tener con él una relación muy estrecha que duraba ya varios años, estaba considerando romper el trato y comprar en París. Niccolò maldijo a su temperamental amigo cuando terminó la llamada de teléfono y decidió que se marcharía en cuanto pudiera después de la boda de su hermana para regresar al trabajo.

Se puso su ropa de deporte y se marchó a correr a Central Park, donde los árboles desnudos se estiraban dramáticamente hacia el cielo invernal. A pesar de lo mal que había dormido y del melancólico paisaje, sus sentidos estaban inusualmente receptivos a la belleza que lo rodeaba. Otros corredores pasaron a su lado e incluso una exquisita rubia le sonrió esperanzada y aminoró la marcha al ver que se acercaba. Sin embargo, él no se dignó a mirarla siquiera. Aquella mujer tenía los ojos verdes y no azules, el color en particular que había estado quitándole el sueño toda la noche.

El ejercicio no consiguió tranquilizarlo por completo, pero al menos le quitó parte de la inquietud que lo atenazaba. Regresó al hotel, se duchó y se vistió. Entonces, comprobó que tenía un montón de mensajes de su hermana en el teléfono móvil. El último iba seguido por un mensaje de voz en el que le exigía saber dónde se encontraba.

Salió al pasillo y llamó a su puerta. Sin embargo, fue Alannah quien le abrió. Le sorprendió a pesar de que él sabía que estaba compartiendo la suite con su hermana. Al mirarla, sintió que el anhelo comenzaba a palpitarle en la entrepierna. Llevaba un vestido vaquero que le hacía juego con el color de sus ojos y un pequeño broche de mariquita sobre el cuello. Durante un instante, se le ocurrió que ella iba vestida tan recatadamente como una maestra de escuela. Ella observó atentamente el rostro de Niccolò antes de esbozar una sonrisa que, evidentemente, era forzada.

—Hola —dijo.

—Hola —repuso él con su propia versión de sonrisa forzada—. ¿Has dormido bien?

–¿Has venido para preguntarme cómo he dormido? –le preguntó ella sorprendida.

«No, estoy aquí porque me muero por bajarte las bragas y meterte la lengua entre los muslos».

Se encogió de hombros.

–Michela me ha estado bombardeando con mensajes. ¿Está aquí?

–Está en el cuarto de baño.

–¿Ocurre algo?

–Se ha roto una uña

Niccolò frunció el ceño.

–¿Se trata de una broma?

–No, Niccolò, no es ninguna broma. Es la del dedo en el que llevará la alianza y todo el mundo se dará cuenta. Para una novia a que le faltan tan solo unas pocas horas para la ceremonia, esto es una verdadera catástrofe. He llamado a la chica de la manicura y ya viene de camino.

–Problemas del primer mundo –comentó él cáusticamente–. Entonces, ¿todo está bajo control?

–Bueno, eso depende de cómo se mire –dijo ella mirándole a los ojos. Parecía estar preparándose para decirle algo–. A sus nervios no les ayuda la preocupación de que vas a perder la compostura en algún momento del día.

–¿Y qué le hace pensar eso?

–Solo Dios lo sabe –replicó ella con sarcasmo–. Cuando se tiene la reputación de tener tan buenos modales y de amoldarse a todo como la que tienes tú, no sé. ¿Crees que podría tener algo que ver con el hecho de que tú y yo nos estuvimos lanzando dardos a lo largo de la cena de anoche y que ella se percató?

–¿Y qué quiere que hagamos? ¿Que nos besemos y hagamos las paces?

–No creo. Eso sería exagerar demasiado.

–Bueno, yo creo que podría llevar a cabo una actuación bastante convincente –murmuró él–. ¿Y tú?

Alannah se dio cuenta de que no se había estado imaginando lo de la noche anterior. Niccolò estaba de verdad flirteando con ella. Iba a tener que realizar la mejor de sus actuaciones si quería convencerle de que no iba a conseguir nada.

Levantó las cejas.

–Bueno, entonces, ¿puedo decirle a Michela que hoy vas a ser un buen chico? ¿Crees que eres un actor lo suficientemente competente como para fingir que te lo estás pasando bien y comportarte como es debido mientras dure la boda?

–Normalmente, no tengo que fingir nada y nunca en mi vida han dicho de mí que soy un buen chico –respondió él–, pero, si Michela quiere que la tranquilice y que le prometa que me voy a portar bien, dile que así será. Seré la virtud personificada. Regresaré aquí a las tres para acompañaros a las dos a la boda.

Alannah asintió brevemente. Consiguió mantener la sonrisa hasta que cerró la puerta, a pesar de que le latía el pulso alocadamente.

La tranquilidad volvió cuando la chica de la manicura llegó para reparar la uña. Los ánimos se templaron y siguieron así hasta que llegó el momento de ponerse el delicado vestido blanco. Michela se lo puso con la ayuda de Alannah. Esta se recordó que aquel era su terreno. Se sentía muy orgullosa del vestido que le había hecho a la novia. No iba a permitir que Niccolò doblegara la confianza que tenía en sí misma.

Sus movimientos se hicieron cada vez más seguros y confiados mientras le iba alisando las finas capas de tul. Muy pronto volvió a sentirse ella de nuevo, Alannah Collins, la mujer que vivía la vida según sus propias reglas ignorando las falsas percepciones del resto de la gente.

Sin embargo, en el momento en el que Niccolò llegó, la compostura volvió a abandonarla. Mientras le colocaba a Michela la corona floral que le sujetaba el velo, sintió que él la estaba observando. Le resultó difícil seguir tranquila, pero se consoló pensando que, cuando terminara aquel día, no lo volvería a ver.

–Estás muy hermosa, *mia sorella* –le dijo a Michela. Ella sonrió encantada y se dio una vuelta para que él pudiera admirar el vestido.

–¿De verdad?

–Claro que sí. Lucas es un hombre muy afortunado.

–Bueno, tengo que darle las gracias a Alannah por mi aspecto –comentó ella muy contenta–. Ella es la que ha hecho el vestido. Es precioso, ¿no crees, Niccolò?

Alannah quería decirle a su amiga que dejara de esforzarse tanto, que su hermano y ella jamás iban a alcanzar algo más que una forzada relación cordial. Sin embargo, decidió sonreír para que la novia se mantuviera tranquila. Miró a Niccolò de un modo amistoso.

–Ciertamente es un vestido muy hermoso –comentó él. Los ojos le brillaban con un silencioso mensaje que Alannah no se atrevió a analizar.

Trató de relajarse mientras le entregaba a Michela el ramo y los tres se dirigieron a la sala donde iba a celebrarse la boda. Los invitados ya estaban esperando. Un arpista comenzó a tocar. Alannah vio que la tensión que endurecía los rasgos de Niccolò se transformaba en una cierta tristeza cuando entregaba a su hermana para casarse.

Tal vez simplemente no le gustaban las bodas.

Alannah trató de no observarle mientras los novios intercambiaban los votos. Después de que intercambiaran los anillos, ella trató de comportarse como la mejor invitada posible, charlando con todo el mundo. Cuando terminó el banquete y comenzaron a retirar las mesas para el primer baile, ella sintió que por fin podía relajarse. Había realizado sus deberes como dama de honor a la perfección y la boda había transcurrido sin incidente alguno. Con una copa en la mano, estaba al borde de la pista de baile, observando cómo Michela bailaba con Lucas. El suave tul flotaba alrededor de su esbelto cuerpo mientras ella sonreía orgullosa a su esposo.

Alannah sintió que se le contraía el corazón y deseó que no fuera así. No quería sentirse triste, y mucho menos aquel día. Ni preguntarse por qué algunas personas parecían encontrar el amor fácilmente mientras que otras sufrían con él una lucha perpetua. O cuestionarse por qué nada de aquello le ocurría nunca a ella.

—¿Cómo es que siempre te encuentro de pie junto a la pista de baile?

Alannah sintió que se le caía el alma a los pies al oír la voz de Niccolò, pero no se giró.

—Simplemente, estoy observando a la pareja feliz —comentó.

Niccolò los miró también y ambos estuvieron así unos instantes, en silencio, observando a los recién casados.

—¿Crees que permanecerán siempre así de felices? —preguntó él de repente.

—¿Acaso no lo crees? —preguntó ella muy sorprendida.

–Si están dispuestos a trabajar con lo que tienen y a construir sobre ello, entonces sí, tendrán una oportunidad. Sin embargo, si empiezan a buscar toda la parafernalia que rodea al amor y no lo encuentran, se sentirán muy desilusionados.

–Evidentemente, no tienes muy buena opinión del matrimonio.

–No. Tiene demasiadas cosas en contra. Es una gran apuesta... y a mí me gusta ir sobre seguro.

–¿Y el amor?

Los labios de Niccolò se endurecieron y, durante un instante, a Alannah le pareció ver una cierta tristeza en aquellos ojos negros.

–El amor es una debilidad –dijo él amargamente–, que saca lo peor de la gente.

–Eso es un poco...

–Baila conmigo –le pidió él de repente, interrumpiéndola.

Alannah se tensó al notar los dedos de él alrededor del brazo.

Eran prácticamente las mismas palabras que él le había dicho hacía ya diez años. Sin embargo, ya era más mayor y esperaba que también más sabia.

Levantó el rostro para mirarlo.

–¿Acaso tengo opinión en el asunto?

–No.

Niccolò le quitó la copa de la mano y la colocó en la bandeja de una camarera. Entonces, le rodeó la cintura con un brazo y la condujo hasta la pista de baile.

Alannah se aseguró que no tenía que hacerlo. Podía excusarse y marcharse de allí. Niccolò no se atrevería a obligarla a bailar con él delante de todos los invitados a la boda. No tuvo tiempo de decir nada. En décimas de segundo se encontró en la pista de baile, entre los brazos de Niccolò. Lo peor de todo era que le gustaba. Le gustaba demasiado.

–No puedes hacer esto, Niccolò. Es típico de un macho alfa.

–Pero es que no lo puedo evitar. Soy un macho alfa algo exagerado –bromeó él–. Estoy seguro de que ya lo sabes, Alannah.

Claro que lo sabía. Ella tragó saliva al sentir que las manos de Niccolò le agarraban con fuerza la cintura y le hacían sentir que no había ningún otro sitio en el que prefiriera estar. Se dijo que si se apartaba de él provocaría una escena y los dejaría en evidencia a ambos. Tenía que aguantar. Un baile y todo habría terminado.

Trató de relajarse mientras comenzaban a moverse al ritmo de la música. Durante un rato estuvieron en silencio, pero no resultaba fácil fingir que no significaba nada volver a estar entre sus brazos. En realidad, rayaba con lo imposible. Su cuerpo era firme y sus brazos fuertes. El aroma de su piel y su intensa masculinidad parecían evocar algo escondido profundamente dentro de ella, tocarla a un nivel subliminal al que nadie más había podido llegar. Él bajó la cabeza para colocarle la boca junto a la oreja. Su voz pareció fluir como si fuera un aterciopelado chocolate.

–¿Te estás divirtiendo?

–Antes de que tú me obligaras a esta farsa de fingir que tenemos una relación lo suficientemente civilizada como para bailar juntos, sí.

–No creo que puedas quejarte de lo que estamos haciendo, *mia tentatrice*. ¿Acaso no me estoy comportando como un perfecto caballero?

–No con...

No pudo seguir hablando porque él acababa de subir un poco más las manos y le cubría por completo la espalda. Los dedos la abrasaban a través de la delicada tela del vestido. Sintió que se le hacía un nudo en la garganta.

—¿Con qué?

—Me estás sujetando demasiado fuerte.

—Pero si casi no te estoy tocando.

—Eres un maestro de las interpretaciones erróneas de las palabras.

—Soy un maestro en muchas cosas —presumió él—, pero la interpretación errónea no ocupa los primeros puestos de mi lista.

Alannah le miró a los ojos.

—¿Por qué estás haciendo esto? —le susurró.

—¿Bailar contigo? ¿Acaso no es costumbre que el hermano de la novia baile con la dama de honor en algún momento de la celebración, en especial si los dos están solteros? ¿O acaso estabas esperando al padrino?

—No estoy esperando a nadie. Y no recuerdo haberte dicho que estuviera soltera.

—Pero lo estás, ¿verdad? Y, si no lo estás, como si lo estuvieras —comentó él mirándola a los ojos—. Estás respondiendo ante mí como una mujer a la que hace mucho tiempo que no toca un hombre.

Alannah sintió deseos de replicar con indignación, pero ¿cómo podía hacerlo? Tenía razón. Hacía mucho tiempo desde la última vez que la tocó un hombre. Mucho tiempo desde que bailó con un hombre y jamás se había sentido así con nadie. Solo se había sentido así con él.

—No comprendo qué es lo que quieres —dijo ella—. Por qué bailas conmigo. Por qué tratas de seducirme. Por qué tratas de conseguir que reaccione ante ti, en especial cuando ni siquiera te gusto. Y el sentimiento es mutuo.

Niccolò la estrechó un poco más contra su cuerpo.

–Pero que no nos gustemos no nos impide que nos deseemos, ¿no te parece? El deseo no requiere afecto para florecer. Al contrario, a veces funciona mejor sin él. ¿No te lo parece, *mia tentatrice*? El sexo puede ser mucho más excitante cuando hay una cierta animosidad entre un hombre y una mujer.

Alannah se apartó de él tratando de concentrarse en las cosas que él decía en vez de en el modo en el que su cuerpo estaba reaccionando.

–Basta ya.

–Pero no has respondido a mi pregunta.

–No tengo que hacerlo. Igual que no tengo que quedarme aquí y aceptar más comentarios provocativos. El baile ha terminado. Gracias por recordarme la clase de hombre que eres, Niccolò y también por confirmarme que, a pesar de que han pasado diez años, nada parece haber cambiado. Sigues tratando al sexo opuesto como si...

–Si yo fuera tú, no generalizaría –la interrumpió él–. No tienes ni idea de cómo trato yo a las mujeres. Y créeme si te digo que jamás he tenido ninguna queja.

Aquella afirmación sexual tan descarada hizo que, de repente, Alannah se sintiera como si la piel que cubría su cuerpo fuera demasiado estrecha para ella. Como si su carne quisiera escapar del vestido de dama de honor. Le vibraban los senos. Sabía que tenía que apartarse de él antes de que hiciera algo de lo que tuviera que arrepentirse.

–Buenas noches, Niccolò –le dijo. Se dio la vuelta y comenzó a alejarse de la pista de baile–. Creo que podemos declarar oficialmente que nuestra tregua ha terminado.

Niccolò observó que Alannah se marchaba y sintió

que la frustración se apoderaba de él acompañada de un fuerte sentimiento de incredulidad. Ella se había marchado. Se había ido con la cabeza bien alta y los hombros cuadrados y orgullosos. Todos sus instintos de cazador se pusieron en estado de alerta mientras observaba cómo se marchaba.

Tragó saliva.

Había jugado mal sus cartas.

O, tal vez, simplemente la había interpretado mal.

Ella tenía razón. No le gustaba especialmente y ciertamente no la respetaba. Sin embargo, ¿qué tenía aquello que ver? La deseaba como nunca antes había deseado a nadie.

Al día siguiente se marcharía. Se iría de Nueva York y regresaría a su vida en Londres. Aunque vivieran en la misma ciudad, sus caminos no se cruzarían porque sus vidas eran mundos completamente diferentes. No sabría nunca cómo era poseerla. No sentiría aquellas cremosas curvas entre los dedos ni su suave carne separándose mientras se hundía en ella. Jamás sabría qué sonido hacía ella cuando explotaba en un orgasmo ni tendría el placer de verterse dentro de ella. Podría ser que ella fuera la mujer equivocada para él en muchos sentidos, pero sospechaba que no en la cama.

Aún hipnotizado por el contoneo de sus caderas, comenzó a seguirla. La alcanzó junto a uno de los bares.

Cuando se colocó a su lado, ella apenas lo miró.

—¿Te marchas? —le preguntó él.

—No puedo, al menos no hasta que Michela arroje el ramo y se haya marchado con Lucas. Después de eso, no volverás a verme. Te lo prometo.

—Antes de que hagas promesas, tengo una propuesta que te podría interesar.

–No necesito escucharla. No hace falta ser un genio para darse cuenta de lo que podrías tener en mente después de las cosas que me has dicho en la pista de baile y del modo en el que me has agarrado. No te esfuerces. No me interesa tener sexo contigo, Niccolò. ¿Lo has comprendido?

Niccolò se preguntó si ella sabía lo descaradamente que los pezones estaban contradiciendo sus palabras, pero decidió que no era el momento de decírselo.

–¿Y si se tratara de una propuesta de negocios?

–¿Qué clase de propuesta?

Niccolò observó las flores que ella llevaba entrelazadas en el cabello. Quiso quitárselas, estrecharla entre sus brazos y besarla. Desnudarla y darse un festín con aquel suave y cremoso cuerpo. Alannah Collins era una espina clavada en su carne. Un ligero pero persistente recuerdo de un placer que se le había escapado entre los dedos.

No por mucho tiempo más.

–Me dijiste que eras diseñadora de interiores y me sugeriste que echara un vistazo a tu sitio web. Lo he hecho. Y eres buena. De hecho, eres muy buena. Eso significa que tú tienes una habilidad y yo una necesidad.

–No creo que tus necesidades sean de la clase de las que yo me ocupo.

–Creo que estamos hablando de cosas completamente diferentes, Alannah. Esto no tiene nada que ver con el sexo. ¿Te suena el nombre de Park View?

–¿Te refieres a ese enorme edificio de apartamentos con vistas a Hyde Park que lleva meses provocando atascos en Knightsbridge?

–Efectivamente.

–¿Y qué pasa?

–Es mío. Yo lo construí.

Alannah parpadeó.

–Pero si es lo más...

–No seas tímida, Alannah –dijo él al ver que ella prefería no seguir hablando–. Uno no debería ser nunca tímido cuando habla de dinero. Es el edificio de los de su clase más caro del mundo. ¿No es eso lo que ibas a decir?

Ella se encogió de hombros.

–No veo por qué una propiedad tuya podría interesarme.

–En ese caso, escúchame. Alekto Sarantos, un amigo mío griego, está a punto de comprar uno de los áticos.

–¿Y hay un problema?

–Sí. O, al menos, a él se lo parece –comentó con cierta irritación–. El problema es que a Alekto no le gusta la decoración, aunque ha sido supervisada por uno de los diseñadores más famosos de la ciudad.

–A ver si lo adivino. ¿Paredes color crema? ¿Boles de guijarros por todas partes? Mucho cristal y cortinas de colores neutros.

–Debes de haber visto las fotos –dijo él frunciendo el ceño.

–No tengo que hacerlo, pero es lo que se lleva ahora. Supongo que a tu amigo no le gusta esa decoración tan insulsa.

–No. A Alekto no le gusta la decoración insulsa. En realidad, él es la antítesis de lo insulso. Describió la decoración como un tsunami de beige y, a menos que pueda transformar el ático a su gusto antes del año nuevo griego, dice que romperá el trato y se marchará a París. Para mí, se ha convertido en un asunto de orgullo personal que elija Londres. Tal vez ahí es donde pudieras entrar tú.

—¿Yo?

—Quieres una oportunidad, ¿no? Me imagino que no puede ser mayor que esta.

—Pero... ¿por qué yo? —preguntó ella con la voz temblando de excitación—. Debe de haber un millón de otros diseñadores esperando un trabajo como este.

—Porque me gusta tu estilo —dijo él mientras la miraba de arriba abajo—. Me gusta el modo en el que vistes y tu aspecto. Siempre me ha gustado. Si eres capaz de satisfacer a mi exigente amigo con tus diseños, el trabajo es tuyo.

Alannah se sintió ridículamente halagada por aquellas palabras, a pesar de que no quería. No quería sentir nada. Le miró a los ojos.

—Y supongo que el hecho de que te quieras acostar conmigo no tiene nada que ver al respecto.

Él se echó a reír.

—Tiene todo que ver, *mia sirena*. Como tú misma has dicho, hay millones de diseñadores de interior, pero el hecho de que resultes deseable te da ventaja sobre tus competidores. No puedo negar que te deseo ni que tengo la intención de poseerte. Sin embargo, no soñaría con darte el trabajo a menos que pensara que eres capaz de darme lo que te pido.

Capítulo 4

NICCOLÒ te recibirá dentro de un momento, Alannah.

La secretaria pelirroja de Niccolò llevaba una blusa de seda del mismo color que los lirios que tenía y, cuando sonreía, sus labios eran una limpia curva de coral.

–Me llamo Kirsty, por cierto. Soy una de las asistentes de Niccolò. Siéntate allí. ¿Te apetece un café o un té?

–No. Estoy bien, gracias –dijo Alannah mientras colocaba cuidadosamente sus planchas de estilo.

Tomó asiento preguntándose si se le notaban en el rostro sus reservas. Si sus nervios o su temor eran visibles para cualquiera.

Desde que se marchó de Nueva York, había estado pensando en todas las razones por las que debía rechazar la oferta de Niccolò. Durante el vuelo, las había ido repasando una y otra vez. Él era arrogante, peligroso, descarado en su deseo de llevársela a la cama. Además, ni siquiera lo había dicho de un modo que resultara halagador. Lo había hecho parecer como si ella fuera simplemente alguien de quien curarse. Como si fuera una enfermedad o una fiebre. Se mordió los labios porque la actitud de Niccolò le traía muchos recuerdos. Odiaba a los hombres que consideraban a las mujeres una especie de objeto. Por lo tanto, el respeto por sí misma y el orgullo deberían haberla obligado a rechazar su oferta por muy lucrativa que pudiera ser.

Sin embargo, le estaba ofreciendo un trabajo. Un trabajo que necesitaba de verdad. Pensó en la falta de oportunidades en su campo y en la monstruosa hipoteca que tenía que pagar por un minúsculo estudio. No se podía permitir rechazarlo. Por eso, se había pasado todo el fin de semana pensando en ideas que pudieran atraer a un multimillonario griego. Y se había dado cuenta de que aquel podría ser el trampolín que necesitaba su carrera. Pensaba aferrarse a aquella oportunidad con ambas manos.

A pesar de todo, tan solo podía pensar en el modo en el que Niccolò la había acariciado mientras bailaban en la boda. Se le aceleró el corazón. La intensidad de sus sentimientos en aquel instante la escandalizó. Se dio cuenta de que le habría gustado que él le quitara el vestido y la tocara sin reservas. Había deseado que él la besara del mismo modo en el que lo había hecho tantos años atrás y que, en aquella ocasión, no se detuviera.

Ese era el problema.

Seguía deseándolo.

Había hecho todo lo posible por aplastar ese pensamiento cuando le envió por correo unas sugerencias. Había tratado de ignorar la espiral de sentimientos y de excitación que sintió cuando recibió una respuesta a última hora de la noche anterior.

Están muy bien. Te espero en mi despacho mañana a las 7:00 p.m.

No había sido el halago más impactante que había recibido nunca, pero resultaba evidente que él la consideraba lo suficientemente buena para el trabajo y eso le agradaba más de lo que hubiera pensado. Además del orgullo profesional, tenía un inesperado sentimiento de gratitud. Fueran cuales fueran los motivos de Niccolò, él le estaba dando la oportunidad de hacer algo con su carrera. Por lo tanto, esperaba poder demostrarle que la confianza que había mostrado hacia ella no había estado mal encaminada.

El interfono sonó sobre la mesa de Kirsty. Esta se levantó y abrió unas puertas dobles que había directamente a sus espaldas.

–Niccolò te está esperando, Alannah –dijo con una sonrisa–. Acompáñame, por favor.

Alannah recogió sus cosas y siguió a Kirsty a un enorme y luminoso despacho. De hecho, el espacio era espectacular. Una pared consistía completamente en paneles de cristal. Desde allí se dominaban las vistas más conocidas de Londres. Alannah se quedó tan asombrada con la vista que tardó un instante en darse cuenta de que Niccolò estaba sentado allí y que, además, no estaba solo. Efectivamente, frente a él se hallaba sentado un hombre de cabello negro y los ojos más azules que ella hubiera visto nunca. Debía de ser Alekto Sarantos. A pesar de que era muy guapo, fue Niccolò el que captó por completo su atención. A pesar de la actitud relajada que él tenía, no pudo ocultar la tensión que experimentó en su poderoso cuerpo cuando las miradas de ambos se encontraron. Parecía decir que sabía lo mucho que ella lo deseaba. De repente, Alannah deseó que se la tragara la tierra.

–Ah, Alannah, aquí estás. Espero que no estés sufriendo por la diferencia horaria.

–En absoluto –mintió ella.

–Permíteme que te presente a Alekto Sarantos.

Alekto, esta es Alannah Collins, la diseñadora sobre la que te estaba hablando.

Alannah le dedicó una sonrisa de inseguridad y se preguntó qué sería exactamente lo que él le habría dicho sobre ella. Eran amigos y los hombres siempre fanfarroneaban con sus colegas sobre lo que habían hecho con una mujer. Sintió que se ruborizaba ligeramente.

–Encantada de conocerlo –le dijo a Alekto.

–Siéntate –le pidió Alekto con un fuerte acento griego.

Alannah no tuvo más remedio que sentarse junto a Niccolò en el sofá. Él golpeó suavemente con la mano el espacio que quedaba libre a su lado, por lo que ella se sintió como si fuera un perro recibiendo órdenes de su amo. Se obligó a sonreír y se desenrolló la pashmina verde que llevaba alrededor del cuello.

–Bien –dijo Alekto–. Niccolò me asegura que eres la persona que puede reemplazar la decoración existente por algo un poco más imaginativo, aunque, francamente, un trozo de madera podría haber diseñado algo más atractivo que lo que hay ahora.

–Estoy segura de que puedo hacerlo, señor Sarantos.

–No. *Parakalo*... Llámame Alekto –dijo con una rápida sonrisa–. Siempre me gusta escuchar cómo dice mi nombre una hermosa mujer.

Aquel día, Alannah no había buscado llamar la atención por su belleza. Había tratado de conseguir un aspecto funcional, más profesional. Se había recogido el cabello en una trenza para que no se lo alborotara el frío viento de diciembre. Además, había intentado que la ropa fuera como una armadura y la protegiera de las tórridas miradas de Niccolò.

Llevaba un vestido gris de inspiración japonesa

adornado con un broche de escarabajo y unos botines que le daban una apariencia elegante y sofisticada a la vez.

–Si insistes –dijo ella con una sonrisa–. Alekto.

Niccolò levantó las cejas.

–Tal vez te gustaría mostrarle a Alekto qué ideas tienes en mente para su apartamento mientras él se concentra en tu indudable belleza –sugirió secamente.

Alannah trató de ignorar el sarcasmo de su voz y extendió las planchas de estilo en las que había estado trabajando. Alekto comenzó a estudiarlas cuidadosamente. Cuadrados de brocado muy contemporáneo aparecían pegados junto a pintura de color y las diferentes texturas del terciopelo y la seda añadían algo más a la diversidad de texturas que tenía en mente.

–Podríamos decantarnos por algo tradicional o contemporáneo, pero yo creo que necesitas algo un poco más arriesgado en términos de color. Las paredes irían bien en grises verdosos y azules apagados. Esos colores proporcionarían el fondo perfecto para estas telas y reflejarían el amor que sientes por el mar.

–¿Te dijo Niccolò que adoro el mar? –le preguntó Alekto.

–No. Busqué tu nombre en Internet y eché un vistazo a las diversas casas que tienes por el mundo. Me pareció que eras un gran aficionado a las vistas del mar y eso me dio algunas ideas.

–Tienes iniciativa –comentó Alekto. Examinó todas las planchas y levantó enseguida la cabeza–. Sí. Esto es perfecto. Todo. Has elegido muy bien, Niccolò. Una gran mejora. Me has agradado mucho, Alannah, y una mujer que agrada a un hombre debería ser siempre recompensada. Creo que te invitaré a cenar esta noche para darte las gracias.

–Estoy seguro de que no habría nada que le gustaría más a Alannah –dijo Niccolò–, pero, desgraciadamente, ella ya tiene un compromiso para esta noche.

–¿De verdad? –preguntó Alekto–. Estoy seguro de
que podría cancelar lo que fuera.

–Puede ser –respondió Niccolò encogiéndose de
hombros–, pero solo si estás dispuesto a esperar para
que se termine tu apartamento, amigo mío. El tiempo
es esencial si quieres que esté listo para tu fiesta de
Año Nuevo. ¿No es eso lo que querías?

Las miradas de los dos hombres se cruzaron. De repente, Alekto pareció comprender.

–Ah... –dijo mientras se ponía lentamente de pie–.
Ya comprendo. Siempre has sido un gran admirador
de la belleza, Niccolò. Dado que los buenos amigos
no deben pelearse por estas cosas, te dejaré en paz.
Disfrutad.

El comentario tan machista de Alekto sorprendió a
Alannah, pero se recordó que simplemente estaba trabajando para él y que no pensaba tenerlo como amigo.
Sonrió cortésmente y se levantó para darle la mano
antes de que Niccolò lo acompañara a la puerta.

Esperó hasta que el siciliano cerró la puerta y regresó a su lado.

–¿A qué ha venido eso? –le preguntó.

–¿Cómo dices? –repuso él. Se dirigió al escritorio
y apretó el botón del interfono–. ¿El hecho de que tus
diseños le hayan gustado? Alekto es uno de los hombres más ricos que conozco. Deberías estar encantada.
Trabajar para un hombre como él vale más que los ru-
bíes. Quién sabe qué clase de oportunidades podrían
venirte ahora, en especial porque te encuentra tan
atractiva.

–¡No! ¡Nada de eso! No me importa que sea rico,

más que porque eso significa que tendré un presu-
puesto generoso con el que trabajar. No me importa si
me encuentra atractiva o no. Me gustaría que, por una
vez, pudiéramos mantener mi físico al margen dado
que se supone que estoy aquí por mis méritos –le espetó–. De lo que te estoy hablando es de que por qué
le has dicho que estaba ocupada esta noche y que, por
eso, no podía cenar con él.

–¿Acaso querías cenar con él?

–No estoy hablando de eso.

–No comprendo adónde quieres ir a parar –comentó él.

–A que no quiero que ni tú ni nadie responda por
mí. Me gusta tomar mis propias decisiones y... no tienes derecho alguno a mostrarte tan territorial conmigo.

–No. Lo comprendo.

Ella lo miró atónita.

–¿Estás diciendo que estás de acuerdo conmigo?

–El que un hombre se comporte de un modo territorial con una mujer implica que ella le pertenece. Que
se ha entregado a él en cierto modo y tú no lo has hecho, ¿verdad, Alannah? Por supuesto, eso es algo que
podría cambiar en un suspiro. Los dos lo sabemos.

Alannah se tensó al sentir cómo la miraba él. Por
mucho que su cerebro protestara, no podía evitar que
su cuerpo respondiera ante aquel escrutinio. Se encontró pensando en lo fácil que sería dejarse llevar por
aquella sugerencia, rendirse a la profunda ansia que co-
braba vida dentro de ella y hacer que él le borrara todas
las frustraciones. Lo único que tenía que hacer era sonreír. Esa sería la única luz verde que necesitaba.

¿Y luego qué?

Tragó saliva. Un coito con alguien que no ocultaba

el desprecio que sentía hacia ella. Un acto que, inevitablemente, lo dejaría a él triunfante y a ella... vacía.

Una vida entera rechazando invitaciones sexuales significaba que ella sabía exactamente cómo producir la clase de sonrisa que desestabilizaría la situación sin causar una escena. Sin embargo, por una vez, el esfuerzo fue real.

—Creo que no –dijo ella mientras recogía su pashmina del sofá–. Tengo un instinto de conservación que me previene de la intimidad con cierta clase de hombres y me temo que tú eres uno de ellos. Las cosas que necesito de ti son puramente prácticas. Un listado de pintores y decoradores, de los que tú utilizas en tus propiedades y que supongo que estarán disponibles para trabajar para mí, y trabajar rápido para conseguir terminar este proyecto a tiempo.

Niccolò hizo un gesto de impaciencia.

—Habla con Kirsty al respecto.

—Lo haré –dijo ella mientras se colgaba el bolso del hombro–. Si eso es todo, me marcho.

—Te llevaré a casa.

—Eso no será necesario.

—¿Acaso tienes coche?

—No. Yo siempre utilizo el transporte público.

—En ese caso, insisto en llevarte. A menos que prefieras viajar en tren en una gélida noche de diciembre en vez de en la cálida comodidad de mi coche.

—Me estás encajonando en un rincón, Niccolò.

—Lo sé, pero no tardarás en descubrir que se trata de una caja muy cómoda –repuso él. Se sacó las llaves del coche del bolsillo de la chaqueta–. Vamos.

En el ascensor, ella mantuvo las distancias. No tardaron en llegar al aparcamiento donde el coche de Niccolò los estaba esperando.

Él metió el código postal en su navegador y no volvió a decir palabra mientras recorrían las concurridas calles de Knightsbridge, donde las tiendas estaban a rebosar de personas que realizaban sus compras navideñas. Todo resultaba brillante y colorido. Las luces, los regalos y las personas que observaban los escaparates de Harrods.

El coche entró por fin en Trafalgar Square, donde se erguía el famoso árbol navideño. De repente, Alannah sintió un dolor en el corazón. De pronto, había recordado haber ido allí con su madre, cuando estaban esperando el resultado de su biopsia. Casi no tenían dinero en los bolsillos, pero aún tenían esperanza. Desgraciadamente, una consulta médica de media hora acabó con ella para siempre y jamás volvieron a recuperarla.

Ella parpadeó para deshacerse de las lágrimas mientras el coche se dirigía al oeste de Londres. Esperó que Niccolò hubiera estado concentrado en el tráfico y que no se hubiera dado cuenta. Él extendió la mano para poner música, algo italiano y apasionado que le encogió de nuevo el corazón, aunque en aquella ocasión con una mezcla de placer y dolor.

Alannah cerró los ojos y dejó que las notas se apoderaran de ella. Cuando volvió a abrirlos, el paisaje había cambiado dramáticamente. Las casas en aquella parte de la ciudad eran mucho menos espectaculares y estaban más juntas. Unos restos de basura flotaban como fantasmas por el pavimento.

–¿Es aquí donde vives? –le preguntó él con una ligera incredulidad en la voz.

Aquella era precisamente la razón por la que Alannah no quería que él la llevara a casa.

–Así es.

Niccolò apagó el motor y se giró para mirarla.

–No es lo que esperaba.

–¿Y qué era lo que esperabas?

Niccolò no respondió inmediatamente porque, una vez más, ella había confundido sus expectativas. Se había imaginado un lugar caro, tal vez un piso en una mansión con vigilancia privada que ella hubiera comprado con lo que había ganado con la revista *Pechugonas*. O tal vez una preciosa casita en Holland Park. Un lugar lleno de los hombres ricos que podrían disfrutar tonteando con una mujer tan hermosa como ella.

Pero aquello...

Las inconfundibles señales de pobreza estaban por todas partes. La basura por el suelo. Un coche destrozado. Un grupo de adolescentes que parecían vigilar el coche de Niccolò con una silenciosa amenaza.

–¿Qué pasó con todo tu dinero? –le preguntó él de repente–. Debiste de ganar mucho.

–Fue una carrera muy corta –respondió ella mirando el bolso–. No me proporcionó exactamente acomodo para toda una vida.

–¿Y qué hiciste con él?

«Pagué las facturas médicas de mi madre. Perseguí un milagro que no ocurrió nunca. Lo estuve persiguiendo hasta que me quedé sin dinero, aunque el resultado no había cambiado lo más mínimo». Se encogió de hombros y sintió la tentación de decirle que no era asunto suyo, pero presentía que era un hombre que no se rendía fácilmente. Trató de utilizar palabras ligeras y frívolas, pero de repente no le resultó fácil.

–Bueno, me lo fundí todo. Lo que suele pasar.

Niccolò se percató de que a Alannah le temblaban los labios y frunció el ceño. Aquella vulnerabilidad que ella se esforzaba tanto en ocultar le resultó completamente inesperada. ¿Acaso se arrepentía del dinero que había despilfarrado o de haber terminado en un lugar como aquel? Trató de encontrar respuesta y de imaginarse cómo encajaba ella allí. A pesar de lo mucho que se esforzaba por ocultar su innata sensualidad y domar su voluptuosa apariencia, debía de destacar allí como un lirio arrojado descuidadamente en un desagüe lleno de lodo.

De repente, deseó besarla. La luz anaranjada de la farola le daba un aspecto muy cremoso a su piel, por lo que parecía un melocotón maduro que suplicaba que alguien lo devorara. Sintió que la tentación se apoderaba de él. Casi sin pensar, se encontró extendiendo la mano para tocarle la mejilla. Era tan suave como se había imaginado. El anhelo se apoderó de él.

–¿Qué... qué es lo que crees que estás haciendo? –susurró ella.

–Sabes muy bien lo que estoy haciendo. Estoy cediendo a algo que siempre ha estado latente y que se niega a morir. Algo que se hace más fuerte cada vez que nos vemos. ¿Por qué no ceder, Alannah, y ver dónde nos lleva?

Ella sabía lo que iba a ocurrir. La habían besado bastantes hombres a lo largo de su vida como para saberlo. Sin embargo, ningún hombre la había besado nunca como él.

El tiempo pareció detenerse mientras Niccolò inclinaba la cabeza hacia la de ella. Alannah comprendió que le estaba dando tiempo para pensárselo y poder detenerlo si así lo deseaba. No lo hizo. ¿Cómo podía hacerlo cuando lo deseaba tanto? Dejó que él le agarrara la cabeza con las manos antes de besarla.

Gimió inmediatamente. Habían pasado diez largos

años desde la última vez que él la besó, pero Alannah ya estaba ardiendo. Se sentía consumida por su fuego. El deseo se apoderó de ella mientras le colocaba las palmas de las manos extendidas sobre el torso. En respuesta, la lengua de Niccolò se abrió paso entre los labios de ella. Alannah los entreabrió ávidamente, animándolo a profundizar el beso. Entonces, oyó que él también gemía y algo le hizo apretar los puños y golpearle el torso con ellos, deseándolo y odiándolo al mismo tiempo.

Niccolò levantó la cabeza. Los ojos le ardían como si fueran de fuego.

–¿Estás tratando de hacerme daño, *bella*?

–Yo... ¡Sí! ¡Sí! –exclamó. Efectivamente, al principio había querido hacerle daño antes de que él tuviera la oportunidad de hacérselo a ella.

Niccolò soltó una carcajada, como si reconociera su propio poder y gozara con ello.

–Pero yo no te lo voy a permitir –le dijo–. Vamos a darnos placer el uno al otro, no dolor.

Alannah echó la cabeza hacia atrás cuando él extendió una mano para agarrarle un seno. Ella se lo permitió. En realidad, hizo mucho más que eso. Sus contenidos suspiros lo animaban a ir más allá y él así lo hizo.

Le besó el cuello y bajó la mano para acariciarle la rodilla. Ella las había separado con la esperanza de que él subiera la mano y la acariciara donde el dolor le estaba empezando a resultar insoportable. Sin embargo, Niccolò no lo hizo, al menos no al principio. Durante un tiempo, pareció conformarse con torturarla, con provocarle tal excitación que ella protestara de impaciencia. Por fin, le deslizó la mano muy suavemente sobre el muslo. Alannah oyó que él emitía un gemido de excitación cuando se dio cuenta de que llevaba medias con liguero y que la parte superior del muslo quedaba al descubierto. Ella tembló de placer al notar la posesión con la que él agarraba la carne.

—Me alegra ver que, a pesar de los atuendos poco atrayentes que te gusta ponerte, sigues vistiendo sugerentemente por debajo. Necesito desnudarte muy rápidamente antes de que me vuelva loco de deseo. Necesito ver ese hermoso cuerpo con mis propios ojos.

Aquellas palabras rompieron el embrujo que él había tejido y borraron por completo el deseo, reemplazándolo por un sentimiento de horror ante lo que ella había estado a punto de permitir.

Niccolò la había llevado a casa y había dado por sentado que podía empezar a tratarla como a una mujer objeto en vez de como a una de carne y hueso. En algún momento, había dejado de ser Alannah para transformarse en un cuerpo que él simplemente quería mirar. ¿Por qué había pensado que él era diferente del resto de los hombres?

—¿Qué estoy haciendo? —preguntó ella. Se apartó de él y lo miró horrorizada—. ¿En qué estaba pensando?

—Vamos, Alannah... Los dos somos bastante experimentados como para jugar a esta clase de juegos. Debiste de utilizar eso de la virgen escandalizada hace diez años, pero ya no. Estoy seguro de que tu récord debe de ser casi tan extenso como el mío. Entonces, ¿por qué te echas atrás en el momento equivocado, cuando los dos sabemos lo que deseamos?

Alannah tuvo que contenerse cuando recordó que, a pesar de todo, Niccolò era su jefe. No podía seguir culpándolo por llegar a unas conclusiones tan poco elegantes. ¿Por qué no iba a hacerlo? Las buenas chicas no se quitaban la ropa delante de la cámara ni separaban las piernas para un hombre que no las respetaba.

–Tal vez tengas la reputación de ser uno de los mejores amantes del mundo, Niccolò, pero, en estos momentos, me resulta difícil comprender por qué.

Niccolò frunció el ceño y la miró con desaprobación.

–¿De qué estás hablando?

Alannah abrió la puerta del coche.

–Enrollarse en el coche es lo que hacen los adolescentes –le espetó–. Pensaba que tenías un poco más de clase. La mayoría de los hombres al menos habrían ofrecido una cena.

Capítulo 5

CADA vez que Niccolò cerraba los ojos, se imaginaba los sugerentes labios de Alannah sobre una parte de su anatomía. Se lo imaginaba con una claridad que era como una prolongada y exquisita tortura. Lanzó un gemido de frustración y golpeó la almohada con el puño cerrado. ¿Era consciente Alannah de que lo estaba volviendo loco de deseo?

Se tumbó de espaldas y miró al techo. Por supuesto que lo era. Su profesión, si se podía denominar así, había sido acicatear la fantasía de los hombres. Debí de haber aprendido que los hombres se excitaban profundamente con las medias. Con el cabello revuelto y los morritos de niña pequeña. Con los enormes ojos azules y los hermosos senos.

¿Había aprendido ella con los años que el juego y la negación podían ser igual de excitantes? Para un hombre acostumbrado a tener todo lo que quería, incluso la idea de una mujer que le negara el sexo bastaba para hacer que le ardiera el cuerpo con un deseo muy cercano a lo insoportable. ¿Dejaba a menudo que los hombres le acariciaran la suave y desnuda piel del muslo para luego apartarlos justo cuando estaban pensando ya en un contacto mucho más íntimo?

Se revolvió el cabello con frustración. Entonces, se levantó de la cama y se dirigió al cuarto de baño.

Si Alannah no hubiera sido tan hipócrita cuando se

marchó del coche con un portazo, él no se sentiría de aquella manera. Si ella hubiera sido lo suficientemente sincera como para admitir lo que realmente deseaba, él no se habría despertado sintiéndose tan dolorido y vacío. Alannah podría haberlo invitado a subir y dejar así que la naturaleza siguiera su curso. Podrían haber pasado la noche juntos y él habría conseguido sacarse la espina para poder olvidarla de una vez por todas.

Abrió el grifo de la ducha y recibió con agrado el agua fría que comenzó a caerle por la cabeza.

Era cierto que la casa de Alannah no había tenido un aspecto muy acogedor. No parecía lo suficiente-mente grande como para poder acoger una cama y mucho menos cualquier grado de comodidad. No importaba. La completa vulgaridad de aquel lugar podría haber añadido cierta excitación a un anhelo al que se lamentaba profundamente de no poder renunciar.

Se enjabonó el cabello con champú. Alannah lo animaba a romper todas las reglas y eso no le gustaba. Elegía a las mujeres con las que salía tan cuidadosa-mente como los trajes y a él no le gustaban las chicas malas. Su gusto se dirigía a las mujeres empresarias, las abogadas... Le gustaban las mujeres rubias y ele-gantes. Le gustaban las mujeres que nunca sudaban...

No como Alannah Collins. Tragó saliva al imagi-nársela sudando. Cerró los ojos y se la imaginó en-cima de él, cabalgándole, con el cabello negro hú-medo por el esfuerzo cayéndole por los hermosos pechos. Cerró el grifo y trató de convencerse de que la experiencia sería superficial y breve. Sería como comerse un plato de comida rápida. El primer bocado sabría a gloria, pero cuando se estuviera terminando se anhelaría tomar algo más puro y sencillo.

Entonces, ¿por qué no podía olvidarla?

Se preparó para ir a trabajar y se pasó el resto de la semana tratando de conseguirlo. No se acercó al apartamento de Alekto. Se mantuvo ocupado en sus asuntos. Después, se marchó a París para cenar con una hermosa modelo australiana que había conocido el año anterior en Melbourne.

Sin embargo, ni París ni la modelo le sirvieron de mucho. Por una vez, la magia de la ciudad no tuvo efecto alguno sobre él. De la noche a la mañana, la ciudad se había rendido al monstruo de la Navidad. Las luces de los Campos Elíseos le parecían de mal gusto. El árbol decorado que había en su hotel le resultaba horrible y el montón de regalos falsos que había a sus pies le produjo desdén. Incluso las famosas tiendas parecían carecer de su habitual elegancia.

Le turbaba el hecho de que nada le funcionara. No parecía poder olvidar a Alannah. Comprendió que había algo en ella que le estaba cambiando su forma de ser. Había muchas otras personas cuyo estilo le gustaba, pero la había contratado sin referencias y tan solo mirando brevemente su trabajo. Se sentía regido por la necesidad de poseerla y, por ello, había ignorado el sentido común y había hecho lo que se había jurado que nunca haría.

Ordenó a su chófer que lo llevara al enorme bloque de apartamentos que se erguía sobre Hyde Park. Sin embargo, por una vez no se enorgulleció del futurista edificio que era uno de sus mayores triunfos y que había ganado muchos premios desde su creación. En lo único que podía pensar era en el deseo que lo estaba devorando por dentro y que ya no encontraba modo de acallar.

El corazón le latía con fuerza mientras tomaba el

ascensor para subir al ático. Abrió la puerta con su propia tarjeta y entró. El apartamento olía a pintura fresca. Encontró a Alannah subida en una escalera, con una cinta métrica en la mano.

El corazón se le detuvo durante un instante. Ella llevaba puesta una camisa de cuadros y tenía el cabello recogido en una coleta. Niccolò no había pensado en lo que le iba a decir, pero, antes de que tuviera la oportunidad de hacerlo, ella se dio la vuelta y lo vio. La escalera se tambaleó. Él se acercó rápidamente para sujetarla. Una parte de él deseó que se cayera para poder tomarla entre sus brazos y sentir el suave tacto de los senos contra su torso.

–Niccolò...

–Sí.

–No te esperaba –musitó ella.

–¿Debería haberte llamado para concertar una cita?

–Por supuesto que no. ¿Qué puedo hacer por ti?

Él entornó los ojos. Alannah se estaba comportando como si fueran desconocidos. Niccolò se obligó a mirar a su alrededor como si estuviera remotamente interesado en lo que ella estaba haciendo.

–Me pareció que debía venir a ver cómo progresa el trabajo.

–Sí, por supuesto –dijo ella mientras comenzaba a bajar de la escalera. Se metió la cinta métrica en los vaqueros–. Sé que no parece mucho en estos momentos, pero todo tendrá sentido cuando esté terminado. Ese... ese tono carbón es perfecto para algunos de los cuadros que Alekto ha enviado desde Grecia.

–Bien. ¿Qué más? –preguntó él mientras comenzaba a recorrer el apartamento seguido de Alannah.

–Aquí, en el estudio, he usado almendra egea como color base. Me pareció que sería apropiado.

–¿Almendra egea? –repitió él–. ¿A qué clase de lunático se le ha ocurrido un nombre como ese?

–En ese caso, es mejor que no entres en el cuarto de baño –le advirtió ella–. Allí encontrarás humo de cigarrillo por todas partes.

–¿De verdad que hay un color de pintura que se llama humo de cigarrillo?

–Me temo que sí.

Niccolò se echó a reír. Alannah no pudo evitar sonreír también, pero no lo hizo durante mucho tiempo. Sabía que el humor era peligroso. Niccolò tenía un plan. Un plan muy egoísta que no tomaba en consideración ninguno de sus deseos. Niccolò conseguía lo que Niccolò quería. Alannah tenía que evitar formar parte de su larga lista de adquisiciones.

–Entonces, ¿va todo según lo planeado?

–Sí. He encargado unos sofás de terciopelo y otros muebles y lámparas.

–Bien. Veo que lo tienes todo bajo control.

–Eso espero. Para eso me pagas.

Niccolò se acercó a la ventana para observar la hermosa vista de Hyde Park. El cielo amenazaba nieve. Por suerte, parecía que su intuición sobre la habilidad de Alannah había sido acertada. Parecía que ella tenía talento y belleza.

De repente, se dio cuenta de que no le importaba la clase de vida que ella hubiera llevado hasta entonces. No le importaba nada más que poseerla. Dibujó en su rostro la clase de expresión que siempre le garantizaba conseguir exactamente lo que quería.

–Todo está perfecto –dijo con una sonrisa–. Debes permitirme que te invite a cenar.

–No tienes por qué hacerlo.

–¿No? La otra noche pareciste implicar que te sentías molesta por que me hubiera insinuado a ti sin pasar primero por las fases más habituales.

—Eso era diferente.

—¿En qué sentido?

—Realicé un comentario en respuesta a una situación.

—Una situación que no parece desaparecer —comentó él mirándola atentamente—. A menos que algo haya cambiado, ¿vas a negar que me deseas?

—No creo que sea lo suficientemente buena actriz como para conseguirlo, Niccolò. Sin embargo, desearte no significa automáticamente que vaya a hacer algo al respecto. Debes de tener mujeres que te desean todos los días de la semana.

—Pero no estamos hablando de otras mujeres. ¿Y si yo solo quisiera la oportunidad de redimirme, de mostrarte que en realidad soy... un hombre corriente?

—Claro que lo eres —comentó ella riéndose—. Describirte a ti como un hombre corriente sería lo mismo que decir que un diamante de treinta quilates es una baratija.

—Venga ya, Alannah. Una cena entre un jefe y su empleada. ¿Qué daño puede haber en eso?

A Alannah se le ocurrían al menos diez daños, pero el problema era que cuando se lo pedía de ese modo, con aquellos hermosos ojos negros atravesándola por completo, se le olvidaban todas las reservas. Fue así como se encontró en la enorme limusina negra de Niccolò aquella noche. Estaba sentada tan lejos de él como le resultaba posible. Tenía las manos húmedas de los nervios que sentía y el corazón le latía a toda velocidad.

—¿Dónde vamos? —le preguntó.

—Al Vinoly —respondió Niccolò—. ¿Lo conoces?

Alannah negó con la cabeza. Había oído hablar del local más de moda de todo Londres, pero, por supuesto, no había estado. Resultaba imposible reservar una mesa, pero a Niccolò lo recibieron con los brazos abiertos, como si fuera un cliente habitual.

Alannah decidió no sentirse intimidada, aunque aún no se podía creer que hubiera accedido a ir allí. Mientras se preparaba, había tratado de convencerse de que exponerse a la arrogancia de Niccolò podría ser precisamente lo que necesitaba para matar el deseo que sentía por él de una vez por todas.

Sin embargo, la realidad estaba resultando ser completamente diferente a lo que se había imaginado.

Jamás había estado con un hombre que emanara tanto carisma y que requiriera tanta atención. Todos los comensales lo observaban, aunque fingían no hacerlo.

Se sentaron a una mesa discreta. Desgraciadamente, la carta parecía demasiado elaborada para un estómago atenazado por los nervios. Alannah deseó poder estar en su casa, tomando una sencilla tortilla en vez de estar sometiéndose a una agitación de sentimientos que la estaban afectando profundamente.

–¿Qué vas a tomar? –le preguntó Niccolò cuando apareció el camarero.

–No sé. Pide tú por mí.

Niccolò la miró sorprendido, pero no comentó nada. Le dijo al camarero lo que iban a tomar, pero, cuando este se marchó, se puso a mirarla muy atentamente.

–¿Eres normalmente tan dócil?

–Normalmente no, pero no se puede decir que esto forme parte de la normalidad, ¿no?

–¿En qué sentido?

–Bueno –dijo ella encogiéndose de hombros–. Haces que esto parezca una cena de trabajo, pero a mí me parece más bien una cita.

–¿Y si fingiéramos que es una cita? ¿Te ayudaría eso a relajarte un poco más?

–Para serte sincera, hace tanto tiempo desde la última vez que tuve una cita que casi se me ha olvidado lo que se hace.

–Me resulta muy difícil creerlo –comentó él tras tomar un sorbo de agua.

–Estoy segura –dijo ella riéndose–, dado lo mucho que te gustan los estereotipos. ¿Qué es lo que pasa, Niccolò? ¿No encaja eso con la imagen que tienes de mí? ¿Crees que porque una vez me quité la ropa delante de la cámara tengo a los hombres haciendo cola frente a la puerta de mi dormitorio?

–¿Y los tienes?

–Ni la mitad que tú, creo –comentó ella secamente.

Se estaban mirando fijamente el uno al otro a través de la mesa, entablando una silenciosa batalla. De repente, él se inclinó hacia delante y le habló en voz muy baja para que tan solo ella pudiera escucharles.

–¿Por qué lo hiciste, Alannah? ¿No fue ya suficientemente malo que te echaran del colegio por fumar marihuana y por saltarte las clases? ¿Por qué demonios tuviste que rebajarte desnudándote?

El camarero eligió precisamente aquel momento para encender la pequeña vela que ocupaba el centro de la mesa. Eso le proporcionó a Alannah el tiempo necesario para encontrar la llama de la rebeldía en su interior.

–¿Por qué crees tú que lo hice? ¿Por qué suele hacer la gente esa clase de trabajos? Pues porque necesitaba el dinero.

–¿Para qué? ¿Para terminar en un cutre apartamento en uno de los peores barrios de la ciudad?

—Se te da muy bien juzgar a los demás, ¿verdad? Siempre dispuesto a aplicar las normas de la moralidad cuando ni siquiera sabes lo que estaba pasando en mi vida. ¿Sabías que cuando mi madre entregó su dimisión, no volvió a encontrar otro trabajo que estuviera a la altura de aquel, probablemente porque las referencias que le dieron en el colegio eran tan poco brillantes? ¿Sabías que todos sus abogados se pusieron a mirar con lupa su contrato para que perdiera todos sus derechos?

—¿Qué clase de derechos?

—No había cotizado para un plan de pensiones y el dinero que obtuvo por el despido se utilizó para que pudiéramos volver a Inglaterra. No pudo encontrar otro trabajo que proporcionara alojamiento, por lo que tuvo que trabajar como enfermera para una agencia, sin contrato fijo. Estábamos empezando a remontar cuando...

Se le quebró la voz y no pudo seguir hablando.

—¿Qué pasó? —preguntó él.

—No importa.

—Claro que importa.

Alannah dudó. No quería parecer vulnerable porque la vulnerabilidad convertía a una persona en un ser débil. Sin embargo, tal vez había llegado el momento de que Niccolò supiera que no se podía juzgar a una persona y condenarla sin conocer los hechos de su vida antes.

—Le diagnosticaron cáncer. En realidad, llevaba ya bastante tiempo enferma, pero había estado ignorando los síntomas para no tener que faltar al trabajo. Cuando por fin fue a ver al médico, la enfermedad estaba muy avanzada y tenía mucho miedo —susurró tragando saliva—. Las dos teníamos mucho miedo. No había nadie más que ella y yo. Era una mujer relativamente joven y no quería... no quería morir –añadió a duras penas.

–Alannah...

Ella sacudió la cabeza porque no quería compasión. No necesitaba su compasión.

–Nuestro médico nos habló de que había una droga experimental que se estaba utilizando en Estados Unidos. Parecía ser un tratamiento bastante eficaz, pero con un precio prohibitivo. Nos resultaba imposible pagarlo.

De repente, Niccolò lo comprendió todo. Apretó los puños contra el mantel.

–*Bedda matri*! –exclamó entrecortadamente–. Hiciste esas fotos para poder pagar el tratamiento de tu madre en los Estados Unidos.

–Bravo. Ahora lo entiendes. Así pude ayudarla. La cantidad de dinero que me ofrecieron era imposible de rechazar. Desgraciadamente, utilizaron el hecho de que yo hubiera abandonado uno de los internados más exclusivos de Suiza en circunstancias bastante ignominiosas. Supongo que no puedo culparles por querer capitalizar ese hecho. Me dijeron que a muchos hombres les excitaban las chicas con uniforme escolar y tenían razón. Aquel número fue el más vendido de la revista en toda su historia.

Alarmado por la repentina palidez del rostro de Alannah, Niccolò le ofreció una copa de vino. Ella la rechazó.

–No fue el narcisismo lo que me motivó ni el deseo de enseñar los pechos como la exhibicionista que mucha gente me acusó de ser. Lo hice porque era el único modo de conseguir dinero. Lo hice aunque en ocasiones me sentía enferma al pensar en todos los hombres que estarían babeando con mi imagen. Sin embargo, oculté mis sentimientos porque quería regalarle un milagro a mi madre. Desgraciadamente, el milagro no se produjo nunca. Murió a la primavera siguiente.

Entonces sí agarró la copa de vino y se tomó un generoso trago. Cuando volvió a dejar la copa sobre la mesa, entrelazó las dos manos sobre el mantel para evitar que le temblaran.

–Alannah...

–Ya es historia –susurró ella sacudiendo la cabeza–. Ya nada importa. Solamente te estoy contando lo que ocurrió. Utilicé el resto del dinero para matricularme en la universidad y pagar la entrada de una casa. Sin embargo, los pisos son muy caros en Londres. Por eso vivo donde vivo. Por eso elegí vivir en uno de los peores barrios de Londres.

Niccolò dejó su copa sobre la mesa. Se sentía abrumado por un increíble remordimiento. Era como si la hubiera visto por primera vez sin la distorsión de su propia arrogancia. La había juzgado injustamente. Comprendió cómo había luchado contra todos para escaparse de una trampa de la que le había resultado imposible huir. Él también había luchado contra el destino. Aunque no le gustaba la solución que ella había elegido, no podía contener un irrefrenable deseo de reconfortarla.

–Lo siento –susurró–. Por lo que ocurrió y por las elecciones que tuviste que asumir.

–Como te he dicho, es historia –declaró ella encogiéndose de hombros.

–Tu madre tuvo mucha suerte de tener una hija como tú, que luchó por ella de ese modo.

–No digas nada más –murmuró ella con la cabeza baja–. Te lo ruego.

Niccolò miró el plato de risotto que estaba frente a él.

—Alannah...

—¿Qué?

De mala gana, ella levantó la cabeza. Niccolò vio que tenía los ojos muy brillantes. Pensó en lo pálida y desvalida que estaba. Agarró el tenedor y tomó un poco de arroz. Lo acercó a la boca de Alannah.

—Abre.

—No tengo hambre.

—Abre.

—Niccolò...

—Necesitas comer algo —insistió él—. Confía en mí. La comida hará que te sientas mejor. Come un poco. Vamos, cómete el risotto.

Aunque de mala gana, Alannah cedió. Permitió que él la alimentara. Poco a poco, sintió que la tensión iba abandonándola. Comió en silencio, bajo la atenta mirada de Niccolò. Resultaba bastante íntimo que él la alimentara de aquella manera. Casi tierno. Casi protector. Sin embargo, tenía que recordar que no era ninguna de las dos cosas. Tan solo se trataba de Niccolò aplacando su conciencia. Tal vez, por fin se había dado cuenta de que había sido innecesariamente duro con ella.

No obstante, tenía razón sobre la comida. Alannah se fue sintiendo mucho mejor. Incluso sonrió cuando vio que él intercambiaba los platos y empezaba a comer mientras ella lo observaba.

—¿Te encuentras ya mejor? —le preguntó.

—Sí.

—Sin embargo, probablemente no estés de humor para permanecer aquí sentada y charlar conmigo.

—Has dado en el clavo.

—En ese caso, ¿te parece que pida la cuenta y nos marchemos?

Alannah había dado por sentado que él la llevaría directamente a Acton, pero cuando estuvieron en el coche él hizo que el chófer esperara. Entonces, se volvió a mirarla.

—Podría llevarte a casa ahora mismo, pero no quiero que la velada termine así. Me parece que aún está... inacabada.

—No me apetece tomar una copa.

—A mí tampoco —dijo él. Le acarició suavemente el rostro y le apartó un mechón de cabello—. Me apetece tocarte, pero eso parece inevitable cuando estás cerca de mí.

—Niccolò...

—No. No digas nada.

Ella le obedeció. Permaneció allí sentada, mientras él le acariciaba la mejilla. De repente, encontró aquel gesto tan tranquilizador como el hecho de que le hubiera dado de comer en el restaurante. ¿Tenía tanta necesidad de consuelo humano que aceptaría cualquier cosa del hombre que, con toda seguridad, le rompería el corazón?

—Niccolò...

En aquella ocasión, él silenció la protesta con un beso tan ligero que apenas lo notó. Alannah se dio cuenta de que estaba jugando con ella, tentándola. Estaba funcionando. Ella tuvo que hacer un gran esfuerzo para mantener las manos sobre el regazo y no aferrarse a él.

Niccolò se apartó de ella y la miró. Ella se dio cuenta de que nunca antes había visto aquella faceta de Niccolò. Tenía el rostro muy serio. Se imaginó que aquel sería el aspecto que tendría en la sala de reuniones cuando estaba a punto de tomar una importante decisión.

–Ahora, podríamos fingir que no ha ocurrido nada –dijo él tranquilamente–, o podríamos decidir ser muy maduros sobre lo que hay entre nosotros...

–¿Lo que hay? –preguntó ella indignada.

Niccolò aún tenía la mano junto al rostro de Alannah. Ella estaba temblando. Con la yema del dedo, estaba trazando una suave línea en el labio inferior.

–Deseo. Lujuria. Como quieras llamarlo. Tal vez solo quiero poner a descansar a un fantasma que lleva diez años turbándome. Tal vez también tú lo quieras.

Fue su candor lo que surtió efecto. La verdad desnuda. Niccolò no la estaba revistiendo de palabras sentimentales que no significaran nada. Tampoco estaba insultando a su inteligencia fingiendo que ella era el amor de su vida o que había algún tipo de futuro en lo que estaba proponiéndole. Estaba diciendo algo que ella llevaba pensando desde la boda de Michela. Efectivamente, lo que había entre ambos no parecía desaparecer. Por mucho que lo intentara, Alannah no podía dejar de desearle.

Se preguntó si él podría leer la respuesta en sus ojos. Tal vez por eso se inclinó hacia delante y tocó en el cristal que los separaba del chófer. Entonces, la tomó entre sus brazos y comenzó a besarla.

A Alannah ya no le quedó elección alguna.

Capítulo 6

NICCOLÒ no le ofreció ni un café ni una bebida. Ni siquiera encendió las luces. Desde el momento en el que entraron por la puerta principal de su apartamento de Mayfair, empezó a comportarse como un hombre sin control.

Le hundió las manos en el cabello, le quitó el abrigo de los hombros y lo dejó caer al suelo. Todo ello sin dejar de besarla apasionadamente. Alannah contuvo la respiración cuando él la tomó en brazos. No dejaba de murmurar palabras en italiano o, más bien, en su dialecto siciliano porque, a pesar de que ella entendía el idioma, no comprendía ninguna de ellas. Sin embargo, no era necesario. No había que ser un experto en idiomas para comprender lo que Niccolò estaba diciendo. Los sonidos primitivos de deseo y necesidad eran internacionales.

Le colocó las manos a ambos lados de las caderas y la estrechó contra su cuerpo para que ella pudiera notar la firmeza de su deseo. Volvió a besarla y a medida que el beso se fue profundizando y haciéndose más urgente, sintió que él la empujaba hasta que se notó contra la pared. Entonces, abrió los ojos de par en par.

—Te deseo —susurró él—. Quiero comerte. Chuparte. Morderte. Lamerte.

Alannah encontró aquellas palabras tan eróticas algo intimidantes y no pudo evitar tensarse. Se preguntó si debía confesar que no se le daba muy bien aquello, pero Niccolò ya la estaba acariciando de nuevo, moldeándole el cuerpo a través del vestido. Simplemente, no encontró palabras. Sintió que él le acariciaba el vientre y oyó que emitía un gemido de placer cuando comenzó a levantarle el vestido.

—Niccolò... —dudó ella.

—Te deseo. Llevo diez años deseando este momento y ahora por fin ha llegado. No creo que pueda esperar ni un segundo más.

Niccolò cerró los ojos cuando llegó a las braguitas y, con impaciencia, las apartó. Estaba muy húmeda. Él notó el aroma de su sexo e inmediatamente deslizó los dedos por la caldeada carne para luego comenzar a moverlos con gran habilidad.

—Niccolò... —susurró ella de nuevo.

—Quiero verte los pechos —dijo. Le llevó los temblorosos dedos a las solapas del vestido y comenzó a desabrocharlo. A los pocos segundos, dos preciosos senos quedaron al descubierto. Su cremosidad rebosaba el escote del sujetador—. *Madre di Dio* —susurró mientras le acariciaba la suave piel—. En carne y hueso son aún más bonitos. Tienes el cuerpo más hermoso que he visto jamás.

De repente, Niccolò comprendió que no podía esperar ni un segundo más. Además, ella parecía completamente lista para recibirlo. Entonces, se sintió como si algo se hubiera adueñado de él y lo hubiera convertido en alguien que no reconocía. Como si no fuera él, sino un impostor. Se desabrochó la bragueta y se sintió a punto de explotar incluso antes de colocarse contra la húmeda calidez.

Alannah se quedó completamente inmóvil cuando la penetró y, durante un momento, él se detuvo. Instantes después, comenzó a moverse. Tenía una mano extendida sobre el trasero desnudo de Alannah, ayudándola a colocarse a horcajadas sobre él y rodearle las caderas. Se hundió en ella y comenzó a besarla apasionadamente. Alannah le hundía las uñas en la espalda, pero él no notaba aquella incomodidad. Niccolò trató de contenerse, de esperar a que ella alcanzara el orgasmo antes de dejarse ir, pero le resultó imposible y supo que estaba a punto de eyacular.

—Alannah... —susurró con incredulidad. De repente, ya fue demasiado tarde.

Las oleadas de placer se apoderaron de él. Su cuerpo tembló de arriba abajo mientras gritaba el nombre de ella, atrapado en un sentimiento tan intenso que pensó que podría morir por él. Cerró los ojos. Hasta que su cuerpo quedó completamente inmóvil, no se dio cuenta de lo inerte y lo silenciosa que estaba ella.

Se quedó completamente helado.

Por supuesto.

Los remordimientos se apoderaron de él al notar que ella le ponía la mano en el torso y lo obligaba a apartarse. No había habido grito de placer por parte de Alannah. No le había dado placer alguno.

Se apartó de ella con un gesto de dolor y se subió la cremallera de los pantalones.

—Alannah...

Ella no respondió inmediatamente. Estaba demasiado ocupada abrochándose el vestido y colocándose la ropa. Niccolò trató de ayudarla, pero ella se lo impidió.

—No.

Él esperó entonces hasta que Alannah hubo terminado de abrocharse el vestido. Entonces, le levantó la barbilla con un dedo y la obligó a mirarlo.

–Lo siento –le dijo.

–No importa.

–Claro que importa. Normalmente... no suelo perder el control de este modo.

Ella le dedicó una tensa sonrisa.

–No te preocupes, Niccolò. No se lo voy a decir a nadie. Tu reputación está a salvo conmigo.

Él endureció la boca y tensó el cuerpo. Fue aquella respuesta lo que provocó que algo en el interior de su cuerpo cobrara vida, un sentimiento de ira y de deseo a la vez. Un sentimiento provocado por el orgullo masculino herido y una urgente necesidad de enmendar las cosas. Siempre se había enorgullecido de sus habilidades amatorias, de su capacidad para darles placer físico a las mujeres, aunque jamás pudiera satisfacerlas emocionalmente.

¿De verdad quería que ella se marchara pensando que era un amante egoísta? ¿Era así como quería que ella le recordara?

–Esperemos que no tengas que hacerlo –dijo. Entonces, se inclinó y la tomó en brazos.

–¿Qué... qué diablos crees que estás haciendo? –le preguntó ella mientras Niccolò la llevaba hacia el pasillo.

–Te llevo a la cama.

–¡Déjame en el suelo! No quiero irme a la cama. Quiero irme a mi casa.

–Creo que no –replicó él mientras abría con un pie la puerta del dormitorio y se dirigía hacia la enorme cama.

La colocó en el centro del colchón y se puso a horcajadas sobre ella. Empezó a desabrocharle el vestido, pero ella le apartó la mano. Niccolò se dio cuenta de que sus habituales métodos de seducción no iban a funcionar con ella.

Le apartó el cabello de la cara y observó la beligerancia que había en aquellos ojos azules. Entonces, bajó lentamente la cabeza para besarla.

No fue un beso. Más bien un duelo.

Durante unos segundos, ella se quedó completamente inmóvil. Niccolò se sintió como si estuviera besando a una fría estatua de mármol. Alannah permaneció allí, como si estuviera siendo víctima de un sacrificio humano. Niccolò sentía su ira y su frustración, por lo que se obligó a tomarse las cosas con tranquilidad. Exploró sus labios con una dedicación que era nueva para él hasta que sintió que los conocía mejor que a los suyos propios. Ella fue entreabriéndolos gradualmente. Cuando estuvo lo suficientemente relajada, le deslizó la lengua dentro de la boca. Aquel le pareció uno de los actos más íntimos en los que había participado nunca.

Alannah le agarró los hombros con las manos y él aprovechó la oportunidad para apretar su cuerpo contra el de ella. El gozo que sintió al apretarse contra ella fue completamente nuevo para él. Siguió dándose un festín con los labios de Alannah hasta que estuvo seguro de que el deseo de ella era lo suficientemente fuerte.

Niccolò no habló. No se atrevió. Algo le decía que no quería que él la desnudara y sospechaba que hacerlo rompería un ambiente que ya era peligrosamente frágil. Le deslizó las manos por debajo del vestido para que pudieran entrar de nuevo en contacto con la cálida y húmeda carne que había debajo de las braguitas. Oyó que ella lanzaba un pequeño gemido de placer y de sumisión. El corazón le latía con fuerza cuando volvió a bajarse la cremallera del pantalón y le deslizó a ella las braguitas hasta las rodillas.

En aquel momento, él se sintió presa de un deseo tan poderoso que gruñó desesperadamente cuando volvió a hundirse en ella por segunda vez. Durante un instante, no se movió. Bajó los ojos para ver la sorpresa reflejada en los de Alannah, pero ella cerró rápidamente los párpados. Era como si le estuviera dando acceso de mala gana a su cuerpo, pero no a sus pensamientos.

Comenzó a moverse lentamente. La mantuvo a punto durante mucho tiempo, hasta que ella estuvo lo suficientemente relajada como para dejarse llevar. Le rodeó el cuerpo con las piernas y los brazos. Niccolò estaba seguro de que jamás había tenido tanto cuidado con una mujer. Había aprendido mucho sobre los cuerpos de las mujeres, pero con Alannah era mucho más que técnica.

El cuerpo de ella comenzó a cambiar. Él pudo sentir la tensión acrecentándose dentro de ella hasta que terminó por romperse. Entonces, ella lanzó una serie de pequeños gemidos antes de echarse a temblar debajo de él. Niccolò no tardó también en dejarse llevar. Notó que el corazón le latía muy fuerte contra el de ella mientras los dos permanecían abrazados.

Debió de quedarse dormido porque abrió los ojos cuando sintió que ella se movía de debajo de él. La agarró automáticamente de la cintura.

–¿Qué haces? –le preguntó con voz somnolienta. Movió la cabeza para que los labios de ella entraran en contacto con los suyos y pudo introducirle la lengua en la boca.

Alannah permitió que la besara durante un instante antes de poner distancia entre ellos.

–Es tarde, Niccolò.

Él comprendió que Alannah le estaba dando la oportunidad de terminar la noche sin que ninguno de los dos quedara mal. Se preguntó si aquello era lo que ella hacía normalmente. Se dejaba llevar por la lujuria sin planearlo mucho antes de marcharse con una fría sonrisa, como si nada hubiera ocurrido.

Sin planearlo mucho.

Aquellas palabras le provocaron un escalofrío. Comprendió lo que implicaban y la miró con creciente terror.

–¿Sabes lo que acabamos de hacer? –le preguntó en un tono de voz que no se había escuchado nunca.

–Por supuesto. Acabamos de tener sexo. Dos veces.

–¿Estás tomando la píldora?

Niccolò vio exactamente el momento en el que ella llegaba a la misma conclusión. Los ojos azules se le abrieron de par en par y los labios comenzaron a temblarle.

–Nosotros... Hemos...

–Sí. Acabamos de tener sexo sin protección.

–Dios –susurró ella–. ¿Y qué vamos a hacer?

Niccolò no contestó inmediatamente. No servía de nada concentrarse en la ira y la frustración. Tampoco servirían de nada las palabras de recriminación. Tendría que haber tenido cuidado. ¿Cómo era posible que no hubiera pensado en los anticonceptivos?

–Creo que solo hay una cosa que podemos hacer. Esperar.

–Supongo que sí.

Él frunció el ceño al darse cuenta de que a Alannah le estaban castañeando los dientes.

–Estás temblando. Tienes que meterte en la cama.

–Yo no...

–No pienso atender a objeción alguna. Voy a desnudarte y a meterte en la cama. Después, iré a hacerte un té.

–¿Por qué no vas a prepararme el té mientras yo me desnudo sola?

–¿Tienes vergüenza de mí?

–¿Vergüenza? ¿Yo? –preguntó ella con una pequeña carcajada–. No seas ridículo. ¿Cómo podría tener vergüenza cuando he expuesto mi cuerpo a las cámaras?

–Desnudarse para una cámara es algo muy anónimo –dijo él enmarcándole el rostro–. Desnudarse para un hombre es mucho más personal.

–No cambies de trabajo, Niccolò –bromeó ella–. No creo que el psicoanálisis sea lo tuyo.

Niccolò frunció el ceño. Por supuesto que no lo era. Normalmente, evitaba analizar el pensamiento de una mujer. Sin embargo, la mayoría de las mujeres no eran tan enigmáticas.

–Tienes vergüenza –insistió él–. ¿Vas a decirme por qué?

Alannah ahogó un suspiro y lo miró. No quería decirle nada a Niccolò. El acto sexual con él la había dejado/ sintiéndose algo vulnerable. Además, no era ninguna idiota. Podría despreciar a los hombres que insistían en considerarla tan solo un cuerpo, tal y como con toda seguridad le ocurría a Niccolò. Por mucho que él tratara de negarlo, se sentiría desilusionado al descubrir la decepcionante verdad sobre ella.

–Sí, tengo vergüenza –admitió de mala gana–. No me gusta que los hombres miren mi cuerpo. No me gusta pensar que se me considera tan solo un par de pechos. Tal vez por eso no puedo relajarme mucho y por eso mi vida sexual ha sido...

Se interrumpió al darse cuenta de que había hablado demasiado.

–¿Cómo ha sido tu vida sexual? –le preguntó él.

–¿De verdad quieres que te lo diga? ¿No tienes ya el ego lo suficientemente desarrollado sin que yo te diga lo bueno que eres en la cama?

Niccolò le agarró la mano y se la llevó a los labios. Le resultó imposible ocultar una sonrisa de satisfacción.

–¿De verdad?

–Ya lo sabes. Estoy segura de que no soy la primera mujer en decírtelo.

–No, pero eres la primera mujer que está tan llena de contradicciones que hace que me dé vueltas la cabeza. Tienes un...

–Niccolò...

Él la silenció con un largo beso. Cuando levantó por fin la cabeza, fue para mirarla fijamente el rostro.

–Creo que ya hemos hablado bastante del tema esta noche. Estás cansada y yo también. Y tienes razón. Es muy tarde y mañana hay que trabajar. Es hora de irse a la cama.

–No estoy segura.

–Pues yo sí. Relájate, *mia tentatrice*.

Comenzó de nuevo a desabrocharle el vestido. De repente, Alannah no sintió deseo alguno de detenerlo. Permaneció tumbada mientras él se lo quitaba hasta que la dejó en ropa interior. Automáticamente, Alannah se cubrió los senos con las manos, pero, para su sorpresa, él no le estaba mirando los pechos. La estaba desnudando tan impersonalmente como si fuera una niña. Incluso le quitó el sujetador con eficacia. Tras dejarla completamente desnuda, la dejó que se acurrucara entre las sábanas.

Ella parpadeó asombrada.

—¿Tan traumático ha sido? —le preguntó él.

—No me lo esperaba...

—Pensaste que me resultaría imposible no babear sobre tu cuerpo mientras te miraba los pechos. ¿Te ha sorprendido mi sensibilidad?

—Algo parecido.

Niccolò sonrió y le acarició suavemente el labio inferior con la yema del pulgar. Entonces, se levantó de la cama y salió rápidamente de la habitación.

Mientras él estaba fuera, Alannah aprovechó la oportunidad para mirar a su alrededor. Aquella debía de ser una de las habitaciones más impersonales que había visto nunca. No había fotos ni nada que indicara qué clase de hombre era Niccolò en realidad. Ella sabía que sus padres habían muerto. Recordó cómo Michela se cerraba en banda cada vez que alguien le preguntaba por sus padres. En realidad, igual le había pasado a la propia Alannah cuando alguien le preguntaba sobre su padre. No le gustaba decirles la verdad. «Mi madre acababa de llegar de Irlanda cuando alguien le drogó la bebida...».

No había descubierto la verdad de lo ocurrido hasta tres días antes de que su madre muriera. Bridget Collins se había despertado en una sucia habitación de hostal con un fuerte dolor de cabeza y vagos recuerdos sobre lo que había pasado la noche anterior, junto con un terrible dolor entre las piernas. Nunca volvió a ver al hombre en cuestión ni tampoco conocía su nombre. Nueve meses después, nació Alannah.

Ella observó una fotografía que había frente a la cama. Se trataba de un estudio monocromático del monte Vesubio. Si hubiera sabido todo lo ocurrido antes, si hubiera podido comprender por qué su madre era tan estricta con ella, ¿habría cambiado algo?

Probablemente no y aunque así hubiera sido, eso ya era irrelevante. No se podía volver atrás en el tiempo. No se podían borrar los actos de una vida.

Cuando Niccolò regresó a la habitación estaba prácticamente dormida. Ella entreabrió los párpados cuando él se sentó en la cama con una infusión de manzanilla.

—Esto te ayudará a dormir.

Alannah no creía que necesitara ayuda, pero se tomó la infusión de todos modos. Después, volvió a recostarse sobre las almohadas mientras Niccolò le acariciaba cariñosamente el cabello.

Ella se sentía tan relajada que le pareció que jamás se había sentido mejor... hasta que un pensamiento oscuro le cruzó la mente como un duende malvado para recordarle que no habían utilizado protección...

Capítulo 7

CUALQUIERA pensaría que estabas tratando de evitarme –dijo Niccolò lentamente.

Alannah levantó la mirada y se vio atrapada en la magia de un par de ojos de ébano, que la atravesaban como si fueran láseres. La luz invernal iluminaba el salón principal del apartamento de Sarantos enfatizando sus grandes y elegantes dimensiones. Llevaba allí toda la mañana, sentada junto a la ventana para coser lentejuelas a un cojín. Al ver a Niccolò en la puerta, se detuvo en seco.

Trató de recuperar la compostura, de decir lo correcto, igual que había estado tratando de decir lo correcto desde el día en el que decidió tener sexo con él. Necesitaba tratar lo ocurrido como una excepción para poder mantener la relación que había entre ambos en un plano puramente profesional. Era lo más aconsejable para ambos.

Dejó la aguja y apartó la taza de café vacía que tenía sobre el suelo con una zapatilla.

–Por supuesto que no estoy tratando de evitarte –replicó alegremente–. Eres mi jefe. No me atrevería.

–¿De verdad? –preguntó él mientras se dirigía hacia ella–. Entonces; ¿por qué no quisiste cenar conmigo anoche?

–Ya te lo he explicado. Tuve que ir a Somerset para comprar algunos cuadros. El dueño de la tienda

estaba a punto de cerrar por vacaciones, así que era el
único día que podía ir. Entonces, cuando venía de
vuelta, había muchas hojas en las vías del tren, por lo
que había retrasos. ¿No recibiste mi mensaje de voz?

–Sí, claro que lo recibí –dijo él con impaciencia.
Se sentía bastante perplejo y un poco frustrado. Jamás
le había ocurrido antes que una mujer se mostrara tan
poco dispuesta a volver con él a la cama. Normalmente, tenía que poner barricadas para que no se le
acercaran–. Lo que ocurre es que nos acostamos juntos el martes y apenas te he visto desde entonces.

–Es como han salido las cosas –comentó ella encogiéndose de hombros–. Tú me pagas para que termine este apartamento y eso es lo que estoy inten-
tando hacer. No me pagas para que vaya a verte a tu
despacho.

A Niccolò no le habría importado que ella se hubiera presentado en su despacho. Se le ocurrían unos
cuantos usos muy creativos para su escritorio. Tragó
saliva.

–¿Voy a verte más tarde?

Alannah contuvo el aliento y trató de no sentirse
halagada por la insistencia de Niccolò, pero no le resultó fácil. Había estado temiendo aquella reunión.
Temiéndola y anhelándola al mismo tiempo. Desde
que se marchó de su apartamento el martes, no había
hecho más que decirse que sería mucho mejor mante-
nerse alejada de él y no intentar seguir con la relación.
Le gustaba y ella le gustaba a él más de lo aconsejable, dado que estaba convencida de que él tan solo
buscaba una aventura pasajera. Y ella no tenía aven-
turas, como tampoco tenía relaciones que terminarían
rompiéndole el corazón en mil pedazos.

–Tú eres mi jefe, Niccolò.

–Te aseguro que lo sé perfectamente, *mia tentatrice*. ¿Y eso qué tiene que ver?

–Lo sabes muy bien. No es muy profesional.

Niccolò soltó una carcajada.

–¿No te parece que ya cruzamos esa frontera la otra noche cuando estuviste jadeando debajo de mí gran parte de la noche? Y también encima, si no me falla la memoria.

–Basta ya –susurró ella sintiendo que comenzaba a sonrojarse–. De eso es exactamente de lo que estoy hablando. Algo así lo confunde todo. Estoy tratando de concentrarme en mi trabajo y no puedo hacerlo cuando tú...

–¿No puedo evitar querer una repetición?

–Eso se hace con las películas. No es buena idea.

–¿Por qué?

–Lo que ocurrió el martes fue...

¿Cómo podía describirlo? ¿El sexo más maravilloso del que había disfrutado nunca? Cierto. Jamás se habría imaginado que podría ser tan intenso ni tan poderoso. Sin embargo, aquella noche había tenido otro lado gozoso que resultaba mucho más preocupante. Se había dado cuenta de que podía acostumbrarse a despertarse junto a Niccolò, abrazada a él. De igual modo, se podía acostumbrar a pensar en él en momentos diversos del día y desear que él estuviera a su lado para poder besarla. Aquella clase de ensoñaciones no la llevaban a ninguna parte.

Cuando todo terminara, ¿qué le quedaría a ella? Nada. Sería tan solo otra mujer con el corazón roto tratando de superar lo ocurrido. Correría el riesgo de hacerse vulnerable y no iba a permitir que eso ocurriera. Sintió que una nueva resolución se apoderaba de ella.

–Un error –dijo.

–Un error –repitió él.

–Tal vez no sea la manera adecuada de expresarlo. Evidentemente, disfruté mucho, pero sigue estando el hecho de que no te gusto. Tú mismo me lo has dicho.

–Ahora me gustas mucho más –comentó él con una sonrisa.

–Describiste lo que sentías por mí como algo salvaje. Me hiciste parecer una versión suave de la peste bubónica.

–No creo que ninguna peste me haga sentir así, a excepción tal vez de la fiebre en la sangre cuando cierro los ojos por la noche y me resulta imposible dormir porque no puedo dejar de pensar en ti –dijo con los ojos brillantes–. Estás muy hermosa cuando te muestras desafiante. ¿Lo haces porque sabes lo mucho que me excita?

–No se trata de desafiar por desafiar, sino por una razón. No lo estoy haciendo para tratar de atraerte –afirmó ella–. Esta relación no va a ninguna parte. Los dos lo sabemos.

–Entonces, ¿no estás embarazada?

Aquellas palabras destruyeron por completo la frágil fachada tras la que ella se ocultaba. El corazón comenzó a latirle apresuradamente. Durante el día, cuando estaba trabajando, resultaba fácil alejar aquel pensamiento de la cabeza, pero por la noche era imposible. Era entonces cuando el miedo se apoderaba de ella. Trataba de imaginarse cómo podría arreglárselas con un niño.

–No lo sé. Es demasiado pronto para hacer una prueba.

–Eso significa que podríamos estar a punto de ser padres. Creo que eso constituye una especie de relación, ¿no te parece?

–No de la mejor clase.

–Tal vez no, pero tengo que saber si estás embarazada y si soy el único hombre que podría ser el padre –dijo mirándola fijamente–. ¿Te parece una petición poco razonable?

Ella lo miró a los ojos. Se dijo que, dadas las circunstancias, él tenía todo el derecho a preguntar. Sin embargo, no por eso le dolió menos. Parte de ese dolor se le notó.

–Sí. Tú eres el único que puede ser el padre. ¿Acaso has pensado eso porque en mi anterior trabajo podría haber muchos posibles padres? –le preguntó. Entonces, sacudió la cabeza con desesperación–. Te gustan mucho los estereotipos, ¿verdad? Bien. Para tu información, no hay nadie. Si de verdad tienes que saberlo, podría contar los amantes que he tenido con los dedos de una mano y aún me sobrarían algunos. Además, no ha habido nadie en mi vida desde hace tres años.

Niccolò dejó escapar el aire que había estado conteniendo. No se sentía preparado para el poderoso placer que se apoderó de él como respuesta a las palabras de Alannah. Él era la única posibilidad. Hacía tres años que no había nadie en su vida.

La miró y observó cómo sus rasgos quedaban iluminados por la dura luz de invierno. Su espeso cabello tenía un tono azulado, como las negras alas de un cuervo. Tragó saliva.

Con sus vaqueros y su camisa, no debería haber parecido nada especial, pero, de algún modo, estaba increíblemente hermosa. En contraposición con su cabello, la piel era blanca y cremosa y su palidez enfatizaba el increíble azul de sus ojos. Un pequeño broche con forma de libélula relucía sobre la solapa. Sin saber por qué, Niccolò envidió la proximidad de aquella baratija a su cuerpo.

¿Y si hubiera un bebé?

Cruzaría ese puente cuando tuviera que hacerlo.

El estridente sonido del timbre rompió el silencio.

–Será uno de los pintores –dijo ella–. Llamó para decir que se había dejado las llaves –añadió. Se levantó para recoger un llavero de otro asiento de la ventana–. No tardaré mucho.

Alannah era consciente de que él no dejaba de mirarla. Abrió la puerta. El hombre tenía el cabello cubierto de polvo de escayola y estaba sonriendo.

Ella forzó una sonrisa y le ofreció el llavero.

–Aquí tienes, Gary.

El pintor las recogió y, tras meterse el llavero en un bolsillo, le agarró la muñeca. Tenía las manos muy grandes y callosas. De repente, el rostro se le había sonrojado profundamente.

–No me había dado cuenta de que tú eras *esa* Alannah Collins.

Alannah sintió que se le caía el alma a los pies y apartó la mano con rabia. Sabía lo que iba a ocurrir a continuación. Se preguntó si sería mejor seguirle la corriente o darle con la puerta en las narices. Solo quedaban unos días del proyecto y prácticamente era Navidad... ¿Por qué perder uno de los trabajadores a menos que fuera absolutamente necesario?

–¿Quieres algo más? Tengo trabajo que hacer.

–La colegiala –dijo él con voz ronca–, con las...

Una figura pareció surgir de la nada. Alannah tardó un instante en darse cuenta de que era Niccolò. Se abalanzó sobre Gary con la ira reflejada en el rostro. Le agarró por el cuello de la camisa, lo medio levantó del suelo y acercó el rostro al de él.

–*Che talii bastardu?* –le espetó–. *Ti scippo locchi e o core!*

–¡Niccolò! –protestó Alannah, pero él no parecía estar escuchando.

–¿Cómo te atreves a hablar a una mujer de ese modo? –le preguntó–. ¿Cómo te llamas?

–Ga-Gary –tartamudeó el hombre.

–¿Gary qué?

–Gary Harkness.

–Bueno, pues que sepas que no vas a volver a trabajar en esta ciudad, Gary Harkness. Yo me aseguraré de ello –rugió Niccolò. Le soltó el cuello de la camisa y lo empujó–. Ahora, fuera de aquí. Márchate antes de que te machaque.

Alannah no había visto en toda su vida a nadie tan petrificado como el pintor. Cuando pudo reaccionar, se dio la vuelta y se marchó corriendo hacia el ascensor. Entonces, miró a Niccolò y cerró lentamente la puerta.

–¿Qué fue lo que le dijiste en siciliano?

–Le pregunté qué estaba mirando y le dije que le iba a sacar los ojos y el corazón.

Alannah tragó saliva.

–¿No te parece que es una reacción un poco exagerada?

–Creo que tiene suerte de no haber terminado en un hospital. ¿Te ocurre eso a menudo?

–Hoy en día no mucho –dijo encogiéndose de hombros. Regresó al salón seguida de Niccolò. Le latía el corazón a toda velocidad. No solía tener aquella conversación, pero tal vez Niccolò necesitaba saberlo–. Antes era peor. La gente solo parecía capaz de tener una conversación con mis pechos. También pensaban que yo querría meterme en la cama inmediatamente con ellos.

Niccolò se sintió culpable y trató de aliviar la repentina sequedad que experimentó en la garganta. ¿Acaso no había hecho él algo muy similar? ¿Acaso no la había juzgado él sin conocer de verdad los hechos dando por sentado una promiscuidad que no era cierta?

–Y yo hice lo mismo.

–Así es.

–Por eso te quedaste inmóvil de repente en el pasillo de mi casa, cuando traté de hacerte el amor, ¿verdad?

–Sí –admitió ella sonrojándose.

Empezó a girar la cabeza, pero, de repente, él se lo impidió. Le agarró el brazo y la obligó a mirarlo.

–Cuéntame.

Resultaba difícil pronunciar las palabras. Sincerarse no era algo que ella hiciera habitualmente. Además, jamás se había imaginado que lo haría con Niccolò da Conti. Sin embargo, por una vez, él se mostró comprensivo.

–Solo recuerdo que me dijiste algo sobre que mi cuerpo era mejor en carne y hueso y empecé a sentirme como un objeto. Como si no fuera una persona de verdad, sino tan solo una imagen en una revista. Como si fuera invisible.

–No fue esa mi intención. Creo que me quedé abrumado al darme cuenta de que por fin te estaba haciendo el amor después de tantos años de soñarlo. ¿Crees que podrás perdonarme, *mia tentatrice*?

Ella lo miró durante unos instantes. Entonces, sonrió porque resultaba extraño verlo con aquella actitud tan conciliadora.

–Me lo pensaré.

Niccolò la estrechó entre sus brazos. Ella no se

opuso cuando él inclinó la cabeza para besarla. Tenía el aliento cálido y con sabor a café y él quiso gruñir de placer. Alannah sabía tan bien... El corazón se le sobresaltó al notar que los dedos rozaban uno de sus senos. Al sentir que se henchía con el contacto, lo cubrió con la palma de la mano. Entonces, oyó que la respiración de ella se aceleraba cuando empezó a desabrocharle la camisa.

Le gustó que ella se lo permitiera. Parecía que le había perdonado por su comportamiento de la otra noche. Estaba relajada y tranquila.

Niccolò profundizó el beso mientras frotaba el erecto pezón con el pulgar. Ella dejó escapar un gemido de placer. Estuvo besándola mucho tiempo hasta que consiguió que Alannah le devolviera el beso. Entonces, se apartó de ella y la miró. Observó que los ojos se le habían oscurecido y sintió una increíble sensación de triunfo que se unió rápidamente al deseo sexual.

—Me gustaría tumbarte en el suelo y hacerte el amor, pero ando justo de tiempo y debo irme desde aquí a una reunión. No creo que le viniera bien a mi reputación aparecer mal arreglado. Además, a ti te gusta que te haga el amor de manera lenta y considerada, no como la primera vez.

—Eso creía yo...

—Por supuesto —susurró él colocándole la mano en la entrepierna—. Probablemente tengo tiempo para otras cosas. Cosas que podrían gustarte.

—Niccolò...

—¿Qué te parece? —le preguntó mientras comenzaba a acariciarla con el dedo corazón—. ¿Sí o no?

—Sí...

—Estate quieta...

Para delicia de Niccolò, ella no le obedeció. Tal vez no podía. Echó la cabeza atrás y, de repente, no pareció en absoluto tímida, sino salvaje. Hermosa. Niccolò sintió que separaba las piernas y que gemía suavemente mientras él iba acrecentando la presión del dedo.

Alcanzó el clímax muy rápidamente. Se abrazó a él y suspiró entrecortadamente, tal y como había hecho la noche del martes. Mientras él la besaba, Alannah se le agarró desesperadamente a la camisa, como si quisiera arrancársela del pecho. Durante un instante, estuvo a punto de cambiar de opinión.

La tentación se apoderó de él. Con un gesto de impaciencia, se llevó la mano al cinturón, pero por suerte el sentido común le hizo cambiar de opinión. ¿Cómo iba a ir a una reunión con la camisa arrugada? Además, utilizar el apartamento de Alekto para tener relaciones sexuales con una mujer no sería muy considerado. Fuera como fuera, no era buena idea, pero eso no hizo que le resultara más fácil apartarse de ella.

Se levantó y se dirigió a la ventana para recuperar la compostura.

En el exterior, había empezado a nevar. Aquello le produjo una repentina sensación de inquietud. Pensó en las Navidades que se acercaban y en lo que se vería obligado a soportar, porque una cosa que había aprendido era que, a menos que uno estuviera dispuesto a vivir en una cueva, resultaba imposible ignorar la Navidad.

Se dio la vuelta y vio que Alannah había terminado de abotonarse la camisa, aunque tenía las mejillas arreboladas y aún le temblaban las manos.

–¿Qué vas a hacer por Navidad? –le preguntó él de repente.

–Bueno, estoy dudando entre una invitación para comer nueces asadas con unos amigos veganos o tener una celebración alternativa yo sola. Fingir que no está ocurriendo nada, comer cualquier cosa que no tenga nada que ver con la Navidad o ver la televisión. ¿Y tú?

–Tengo una invitación para ir a esquiar con unos amigos a Klosters, pero desgraciadamente mi trabajo no me lo permite. Odio la Navidad. Lo que realmente me gustaría sería cerrar los ojos y despertarme ya en el nuevo año.

–Vaya...

–Sin embargo, dado que parece que los dos estamos algo perdidos, me parece una pena no aprovecharlo. Podríamos ignorar las fiestas y dedicarnos a darnos placer.

–¿Me estás pidiendo que pase las Navidades contigo, Niccolò?

–Eso parece. ¿Por qué no hablas con Kirsty y le pides que te dé una de mis tarjetas de crédito? Puedes reservar la mejor suite del mejor hotel de cualquier ciudad. Algún lugar al que siempre hayas querido ir. Olvídate de las nueces asadas. Podrás tomar todo el caviar y el champán que quieras. Tal vez yo pueda conseguir que se hagan realidad algunos de tus deseos navideños.

Alannah deseó tomar sus tijeras más afiladas y cortar el pequeño cuadrado de plástico en trozos minúsculos. Pensó en lo que Niccolò le había dicho. Hacer realidad algunos de sus deseos. ¿De verdad creía que alojarse en un elegante hotel era la ambición de su vida cuando, en aquellos momentos, su mayor deseo sería decirle que no necesitaba su tarjeta de crédito y que preferiría pasar el día de Navidad sola en vez de con él?

En realidad, eso no era cierto. Tal vez ella querría que lo fuera, pero no era así. ¿Por qué si no estaba sentada delante del ordenador, a punto de reservar una estancia de dos noches en un hotel de Londres? Se preguntó qué había ocurrido con su decisión de olvidar la noche que había pasado con él y mantener exclusivamente una relación profesional.

Se mordió el labio inferior. Niccolò se había encargado de romper aquella resolución con su insistencia. Eso era exactamente lo que había ocurrido. Se había sentido perdida en el momento en el que él la besó. Una única caricia había bastado para hacer que sus buenas intenciones se desmoronaran.

Recordó el modo en el que le había acariciado la entrepierna a través del pantalón vaquero. Niccolò no tardó en darle placer y sin ni siquiera quitarle una sola prenda de ropa. Aún en aquel estado post-orgásmico había accedido a pasar la Navidad con él.

Eso era algo que le costaba asimilar. Debía de haber millones de cosas que él pudiera hacer en aquellas fechas, pero quería pasarlas con ella. ¿Acaso no significaba algo? Tenía que significar algo.

Miró fijamente la tarjeta de crédito. Kirsty se había encargado de dársela y de informarla de que no tenía límite. Recorrió mentalmente un listado de posibilidades. El Savoy. El Ritz. El Granchester. Londres tenía montones de maravillosos hoteles, pero Alannah se apostaba lo que fuera a que Niccolò se había alojado en todos ellos.

Estaba a punto de reservar en el Granchester cuando algo le hizo dudar. Tal vez fue el deseo de sacarle de su zona de confort, de alejarlo de las barreras habituales que lo rodeaban. Niccolò la había ayudado a ella a derribar algunas de sus defensas. ¿Por qué no podía ella hacer lo mismo con él? ¿Por qué no debería tratar de descubrir más sobre el verdadero Niccolò da Conti?

De repente, se le ocurrió una idea, que empezó a hacerse más atractiva a cada minuto que pasaba. Miró el largo número de la tarjeta de crédito. Tal vez no tenía mucho dinero propio, pero tenía su imaginación. Estaba segura de que sería capaz de sorprenderle con algo inesperado. Algo sencillo, pero que significara algo y que incorporara el verdadero significado de las Navidades.

El poder y el privilegio de Niccolò siempre le daba una superioridad que no podía ser buena para él. Una estancia en un elegante hotel tan solo reforzaría las diferencias que había entre ellos. ¿No sería maravilloso que, para variar, Alannah fuera más su igual?

¿Y si estaba embarazada? Iba a tener que conocerlo mejor, fuera lo que fuera lo que ocurriera entre ellos. Sintió una extraña sensación en el corazón al imaginarse al hijo de Niccolò da Conti entre sus brazos.

Esperó un minuto antes de escribir *Preciosa cabaña navideña* en su buscador. En aquellos momentos necesitaba algo precioso. Algo precioso podría convertir a un hombre cínico en un hombre normal para así poder averiguar qué era lo que le hacía vibrar. Buscó la página adecuada y examinó la amplia selección de cabañas que apareció en la pantalla.

Perfecto.

Capítulo 8

LAS RÁFAGAS de nieve eran cada vez más fuertes. Niccolò soltó una maldición mientras avanzaba por la estrecha carretera secundaria.

¿Por qué no podía nada ser sencillo? Miró por el espejo retrovisor y frunció el ceño. Le había dado a Alannah una tarjeta de crédito y le había dicho que reservara una suite donde quisiera. Ella había hecho exactamente lo contrario: le había dirigido a un lugar olvidado de la mano de Dios. Alannah había ido antes por su cuenta.

En realidad, no estaban tan lejos de Londres, pero debido a la nieve, le costaba orientarse. Las carreteras principales parecían pistas blancas y las secundarias habían empezado a parecer serpientes de nieve.

Miró a su navegador y comprobó que estaba tan solo a cuatro minutos, pero no se veía ningún hotel. Había pasado el último pueblo hacía ya bastante tiempo. Justo en aquel momento, una flecha le indicaba que girara a la izquierda en la carretera, a través de lo que parecía ser una impenetrable línea de árboles.

Lanzó una nueva maldición y tomó el desvío. Los poderosos faros de su coche iluminaban los copos de nieve y les daban un aspecto dorado. A algunas personas aquella escena les habría parecido muy hermosa, pero él no estaba de humor para paisajes. Quería tomarse una copa, darse una ducha y disfrutar del sexo exactamente en ese orden y lo quería justamente en aquel momento.

Condujo muy lentamente hasta que, por fin, pudo ver una casa iluminada en la distancia, pero parecía demasiado pequeña para ser un hotel. Hizo un gesto de contrariedad. Aquello solo podía ser una cabaña.

Vio un tejado de paja cubierto con una gruesa capa de nieve y una lámpara de estilo antiguo que iluminaba la puerta. En esta, colgaba una corona de acebo y hiedra. A través de las ventanas de celosía, se distinguía una mujer con el cabello muy negro. Niccolò agarró con fuerza el volante y detuvo el coche. Cuando se bajó, se le hundieron los zapatos sigilosamente en una suave alfombra de nieve.

Tocó al timbre, que era también de estilo antiguo, de la clase que solo se veía en los barcos o en algunas películas. Se escucharon pasos al otro lado de la puerta y esta se abrió. Alannah apareció en el umbral.

Al verla, el cuerpo de Niccolò se tensó. Entró en el interior de la cabaña y cerró violentamente la puerta. Sus sentidos se vieron bombardeados por la escena que apareció frente a él. No obstante, lo primero en lo que se fijó fue en el vestido que ella llevaba puesto. ¿Quién podía no fijarse en un vestido como aquel?

No era por la seda dorada, que se le ceñía a las curvas y le daba el aspecto de un tesoro viviente, sino por el profundo escote que mostraba más centímetros de piel que habitualmente e incluso el suave abultamiento de los senos. Se había colocado un broche de saltamontes, de modo que este parecía a punto de saltarle sobre un pezón. ¿Había empezado a relajarse lo suficiente para dejar de cubrir su cuerpo con el puritanismo de antaño?

Sin embargo, ni siquiera aquel vestido fue sufi-

ciente para atraer su atención durante mucho tiempo.
A espaldas de Alannah, había una chimenea en la que
ardía un espectacular fuego. Por supuesto, estaba también la inevitable ramita de muérdago colgando del techo. Se notaba que se estaba cocinando algo, porque
había un rico olor a especias y a canela flotando en el
aire. Sin embargo, era el árbol de Navidad lo que más
le molestaba. Un árbol natural decorado con luces de
colores y bolas doradas.

Niccolò hizo un gesto de dolor, pero ella no pareció
percatarse. Le rodeó el cuello con los brazos y le dio
un beso en los labios.

—Feliz Navidad –susurró.

Niccolò se zafó de ella y dio un paso atrás. Estaba
empezando a sentir que el hielo le rodeaba el corazón.

—¿Qué está pasando? –le preguntó.

Ella parpadeó.

—Es una sorpresa.

—No me gustan las sorpresas.

El pánico se apoderó de Alannah. Se estaba empezando a dar cuenta de que se había equivocado.

—Pensé en lo de reservar una suite en un hotel en
Londres –dijo ella rápidamente–, pero pensé que probablemente habías estado en todos. Entonces, se me
ocurrió crear una verdadera Navidad aquí en el campo.

—Una verdadera Navidad –repitió Niccolò en voz
baja.

—Eso es –comentó ella indicándole un bol con trufas colocado sobre la mesa, como si el chocolate fuera
a conseguir que él cambiara de opinión–. Me metí en
la página web de Selfridges y encargué un montón de
cosas del supermercado. Aun así, me ha salido todo
mucho más barato que un hotel. Estoy cocinando ja-
món y he comprado también pescado, porque sé que

en tu país os gusta tomar pescado por Navidad. Ah, y también he comprado dulces de frutas escarchadas.

—Odio los dulces de frutas escarchadas.

—Bueno, no... —musitó ella. Ya no podía seguir ignorando la nota de censura que había en la voz de Niccolò—. No tienes que tomarlos.

—Odio la Navidad. Punto final. Ya te lo he dicho, Alannah. ¿Qué parte de la frase no has comprendido?

Alannah se cubrió la boca con los dedos. Parecía tan preocupada que él estuvo a punto de tomarla entre sus brazos y bloquear todo lo que les rodeaba con el sexo.

No pudo ser. Entonces, levantó la mirada y vio el ángel en lo más alto del árbol. Algo relacionado con sus alas de gasa provocó que el corazón se le encogiera de dolor. Sintió que las paredes de la pequeña cabaña se cerraban en torno a él cuando unos sentimientos no deseados se apoderaron finalmente de él.

—¿Qué parte, Alannah? —repitió.

—Creí... —susurró ella.

—¿Qué fue lo que creíste? —la interrumpió él brutalmente—. ¿Que podrías tratarme como si fuera tu marioneta? ¿Que podíamos jugar a la pareja feliz junto a un árbol de Navidad y dejarnos llevar por una fantasía de final feliz solo porque hemos tenido relaciones sexuales y te pedí pasar estos días contigo dado que ninguno de los dos teníamos planes?

—En realidad —repuso ella dirigiéndose a la chimenea—, pensé en lo impersonal que sería pasar la Navidad en un hotel anónimo. Pensé que con la clase de vida que llevas, te podría gustar tomar algo de comida casera para variar.

—A mí no me va lo casero. ¿Es que no te das cuenta?

En aquel momento, Niccolò observó que había un paquete sobre la mesa y se dio cuenta de que él no le había comprado a ella un regalo. No se suponía que fuera a ser esa clase de Navidad.

–No me puedo quedar aquí, Alannah. Siento que te hayas tomado tantas molestias, pero va a ser un desperdicio. Recoge todo mientras yo apago el fuego. Regresamos a la ciudad.

–No.

–¿Qué quieres decir?

–Vete tú si quieres. Yo me voy a quedar aquí.

–¿Sola?

–¿Acaso te sorprende? –le espetó ella–. ¿Acaso crees que tengo miedo? Bueno, piénsatelo de nuevo, Niccolò. Yo vivo sola. Me he pasado prácticamente sola los últimos siete años de mi vida. No necesito un hombre que me proteja y me cuide. Tampoco deseo volver a Londres con alguien que puede malinterpretar de este modo un gesto sencillo con esa clase de cinismo. Ahora, vete a tu hotel para seguir diciéndote lo mucho que odias la Navidad. Yo me quedaré aquí encantada con mi chocolate y mi vino especiado.

–Te advierto que, si estás diciendo esto para hacerme cambiar de opinión, no te va a funcionar. No pienso quedarme aquí, pero tampoco me voy a marchar sin ti.

–Me temo que no te queda elección –dijo ella mientras se dirigía a la mesa para servirse una copa de vino–. Como te he dicho, yo no voy a ir a ninguna parte. Y no me imagino que tú, por muy macho que seas, te atrevas a sacarme de aquí por la fuerza. Así que márchate. Vete. ¡Márchate!

Se observaron en silencio durante unos instantes antes de que Niccolò abriera la puerta. Una ráfaga de viento hizo entrar unos copos de nieve en la casa, pero él no tardó en volver a cerrarla de un portazo.

Alannah no se movió cuando oyó que el coche arrancaba y que él se alejaba lentamente de allí. Agarró con fuerza la copa de vino y se preguntó cómo podía haberse equivocado tanto con él.

Podría ser que él tuviera razón. ¿Había sido ella lo suficientemente ingenua como para pensar que una comida casera podría hacer que él anhelara una intimidad que se extendiera más allá del dormitorio?

El corazón le latía rápidamente.

Así era. Eso era precisamente lo que había pensado.

Se acercó al fregadero y tiró el vino. Entonces, fregó la copa y la dejó para que se secara. Corrió las cortinas y encendió la radio, justo a tiempo para escuchar la misa de Navidad. En cuanto el sonido de los villancicos resonó en la cabaña, los ojos de Alannah se llenaron de lágrimas.

Se había equivocado. Lo había aceptado como amante ignorando todas las alarmas que habían resonado tan fuertemente en sus oídos. Se había olvidado de que las cosas siempre tenían que ser como él quisiera. ¿En qué había estado pensando? Incluso se había comprado un vestido, más ceñido y sugerente, para enviarle el mensaje silencioso de que él la había liberado de algunas de sus inhibiciones, algo que le agradecía casi tanto como el trabajo que le había dado.

Sin embargo, él se lo había arrojado todo a la cara.

Sintió frío, por lo que subió a la segunda planta para buscar un jersey. Al entrar en el dormitorio, se le encogió el corazón de pena. Había pensado que a Niccolò le encantaría una cama de hierro forjado y las sábanas bordadas. Se había imaginado que él le diría que le encantaba la vista que se divisaba desde la ventana. Había pensado en prepararle un baño cuando llegara y encender algunas de las velas aromáticas que había llevado desde Londres. Se había imaginado fro-

tándole la espalda, tal vez incluso metiéndose en la ba-
ñera con él aunque nunca había compartido un baño
con nadie.

Había sido una tonta.

Se puso un jersey azul marino sobre el vestido y
se soltó el cabello. No era que no tuviera experiencia
de la vida y de las crueles lecciones que podía enseñar. ¿Acaso no había aprendido ya que uno tenía que
aceptar lo que se le daba? Debería haber tomado lo
que estaba sobre la mesa y conformarse con ello. Sin
embargo, había sido muy avariciosa. No le había bastado con lo que Niccolò le había ofrecido. Había querido más.

Al oír que la puerta principal se abría y se volvía a
cerrar, sintió que el corazón se le desbocaba en el pecho. Recordó que le había dicho a Niccolò que no tenía miedo de quedarse allí. ¿Por qué diablos no había
cerrado con llave cuando él se marchó?

–¿Quién es? –gritó.

–¿Quién crees tú que es? ¿Papá Noel?

La voz de Niccolò resonó por la pequeña cabaña.
Alannah se asomó a lo alto de las escaleras y vio que
él estaba de pie en el salón, con el cabello negro cubierto por la nieve.

–Soy yo –dijo levantando la mirada hacia ella.

–Ya lo veo. ¿Qué ha pasado? –le preguntó mientras
comenzaba a bajar la escalera–. ¿Has cambiado de
opinión sobre los dulces de frutas escarchadas?

Niccolò se quitó el abrigo dejando que la nieve que
llevaba encima cayera al suelo. Alannah bajó el último peldaño justo cuando los primeros acordes de
Noche de paz comenzaron a resonar en la radio. La
apagó rápidamente, por lo que el único sonido que
inundaba la estancia era el crepitar del fuego.

–¿Por qué has regresado?

–Hace muy mala noche –dijo él–. No podía dejarte aquí sola.

–Te dije que estaría bien. No me da miedo la oscuridad.

–No voy a cambiar de opinión. Me voy a quedar y necesito una copa.

–Sírvetela.

Niccolò se acercó a la botella que ella había abierto anteriormente.

–¿Tú quieres?

–No, gracias.

Alannah se sentó al lado del fuego y se preguntó cómo iban a poder pasar las siguientes horas juntos. Después de unos segundos, Niccolò se acercó a ella y le entregó una copa de vino. Ella la rechazó.

–He dicho que no quería.

–Tómala, Alannah. Estás muy pálida.

–Siempre estoy pálida –replicó ella. A pesar de todo, tomó la copa de todos modos y le dio un sorbo mientras Niccolò se sentaba en el otro sillón.

–Aún no me has dicho de verdad por qué has regresado.

Niccolò tomó un poco de vino. Durante un instante, guardó silencio. Su instinto natural le decía que no tenía por qué justificar sus actos ante nadie. Sin embargo, le había ocurrido algo extraño mientras se alejaba de la cabaña. En vez de la libertad que esperaba sentir, había experimentado un profundo peso en el pecho. Se le había ocurrido que podía ir a alojarse a un hotel o incluso comprar un billete de avión y marcharse con sus amigos a esquiar.

Sin embargo, no podía dejar de pensar en Alannah y en todas las molestias que se había tomado para crear un ambiente especial. Él se lo había echado todo por tierra. ¿Qué clase de hombre hacía eso? Pensó en las ganas que tenía de volverle a hacer el amor, en cómo se había pasado el día deseando poseerla. ¿Qué era lo que le pasaba?

Dejó la copa sobre la mesita y se volvió a mirarla con gesto sombrío.

—He regresado porque me he dado cuenta de que me estaba comportando como un idiota. No debería haberlo pagado contigo y lo siento.

Alannah presintió que Niccolò no se disculpaba con frecuencia, pero prefirió no comentar nada. ¿Acaso creía que una disculpa podría borrar todo el dolor que le había infligido?

—Pero lo hiciste.

—Sí.

—Porque siempre tienes que estar al mando, ¿verdad, Niccolò? —le dijo furiosa—. Lo que tú deseas siempre es lo primordial. Los deseos de los demás pueden esperar. Esto es exactamente lo que pasó en la boda de Michela. Niccolò lo quiere así y así es como tiene que ser.

—Eso era diferente.

—¿Cómo? ¿Por qué era diferente? ¿Por qué tienes que controlarlo todo?

Las llamas de la chimenea iluminaban su sombrío rostro y su cabello negro.

—¿Por qué? ¿Acaso no lo sabes?

—¿Porque eres siciliano?

—Eso no es cierto. En realidad, solo soy medio siciliano. Mi sangre no es pura. La otra mitad es corsa. ¿No lo sabías?

Alannah negó con la cabeza.

—No. No lo sabía. Michela nunca hablaba mucho

de esa clase de cosas. Los internados tienen mucho que ver con la reinvención, la huida. Nadie habla mucho de sus intimidades. Tan solo dijo que tú eras muy estricto. Sin embargo, solías llevártela a las Bahamas a pasar la Navidad todos los años y todas nos poníamos bastante celosas por ello.

—¿Ella nunca te contó por qué?

—Yo sabía que vuestros padres estaban muertos, pero nadie quiere hablar de esa clase de cosas, ¿no te parece?

Niccolò sintió que se le secaba la boca. Aquello era cierto. Así era. Y, cuando la muerte estaba vinculada a la vergüenza, mucho menos. Se desea mantenerlo todo oculto, crear una especie de distancia y alejarse de ello todo lo que sea posible. Eso era lo que él había hecho por Michela y por sí mismo. Resultaba más fácil olvidar algunas cosas que recordarlas.

Alannah seguía mirándolo con el dolor y la confusión reflejados en el rostro. Lo único que ella había hecho era tratar de darle una Navidad agradable y él la había tratado de un modo inmerecido. ¿Acaso no significaba eso que se merecía una explicación?

—Mi educación fue... muy poco usual —dijo por fin—. Mi madre provenía de una poderosa familia siciliana que la desheredó cuando se casó con mi padre.

—¿No es eso algo exagerado?

—Depende del punto de vista con el que se mire. Su familia era una de las más ricas de la isla y mi padre era un corso con un pasado algo turbio que trabajaba en las cocinas de uno de los hoteles de la familia de ella. Jamás se consideró una unión perfecta —dijo él sin dejar de mirar los leños de la chimenea—. Mi padre no tenía estudios, pero poseía un tremendo carisma. Además de una enorme adicción al juego y un amor indecible por las cosas buenas de la vida. Mi madre me dijo que sus padres trataron de impedir aquel matrimonio por todos los medios posibles. Cuando no pudieron, le dijeron que solo sería bienvenida si se separaba de él.

—¿Y qué hizo ella?

—Los desafió y se casó con él de todos modos. Estaba enamorada de él y permitió que ese amor... dejó que la cegara con todo. Su infidelidad. Sus habituales ausencias. El hecho de que probablemente estaba más enamorado de la herencia de mi madre que de ella. Se marcharon a Roma cuando mi madre estaba embarazada de mí y vivimos allí con cierto estilo mientras mi padre recorría los casinos de todo el mundo y se gastaba el dinero de ella. Mi madre me hablaba constantemente de Sicilia. Sabía más sobre el lugar de nacimiento de mi madre que sobre la tierra que nos había acogido.

Alannah se inclinó para echar otro tronco al fuego.

—Sigue, por favor.

—Cuando tuve la edad suficiente, me dejaba con Michela para poder irse con él. Solía sentarse en los casinos para vigilarlo, aunque sospecho que principalmente era para mantener a las otras mujeres a raya. Sin embargo, a él le gustaba la atención, el hecho de que su rica esposa lo hubiera abandonado todo para estar con él. Solía decirle que era su amuleto de la suerte. Supongo que durante un tiempo las cosas fueron bien. La situación no era perfecta, pero sí soportable. No obstante, todo se estaba desmoronando bajo la superficie y no había nada que yo pudiera hacer al respecto.

—¿Cómo?

Niccolò reclinó la cabeza sobre el sillón y cerró los ojos.

–La herencia de mi madre prácticamente había desaparecido. El alquiler de nuestro elegante apartamento de Parioli llevaba varios meses sin abonarse y los acreedores nos rodeaban como buitres. Recuerdo la escena de pánico de mi madre cuando me confió la amarga verdad. Yo tenía dieciocho años y estaba tratando de entrar en la universidad, aunque algo me decía que aquello no iba a ocurrir. Mi padre descubrió un gran torneo en Mónaco y los dos se marcharon allí para que él pudiera participar. Se suponía que sería la solución a todos sus problemas.

–¿Y qué pasó?

–Ganó. De hecho, los dejó a todos sin blanca. Ganó lo suficiente para pagar sus deudas y garantizar la clase de futuro que mi madre ansiaba.

–¿Y?

Alannah presentía que había ocurrido algo. Vio que Niccolò bajaba la cabeza para mirarla. Al ver la triste expresión de su rostro, ella contuvo el aliento.

–Aquella noche, celebraron su buena suerte con demasiado champán y decidieron marcharse a Roma en vez de esperar a que amaneciera. Estaban atravesando los Alpes italianos cuando tomaron una curva demasiado rápido. Se golpearon contra la ladera de la montaña y el coche quedó destruido.

Niccolò guardó en silencio durante unos instantes. Cuando volvió a hablar, su voz sonó hueca y vacía.

–Por supuesto, ninguno de los dos se dio cuenta de lo ocurrido. Al menos, eso fue lo que me dijeron los médicos.

–Ay, Niccolò. Lo siento mucho. Michela me contó que sus padres murieron en un accidente de coche, pero no sabía los detalles de la historia.

–Porque le oculté todos los detalles que pude. La

autopsia no reveló muchos detalles. Determinar el nivel de alcohol en un cadáver puede resultar muy difícil y ningún niño debería pasar por la vergüenza de saber que su padre mató a su madre porque estaba borracho después de ganar a las cartas.

—A pesar de todo, debió de dolerte mucho.

Niccolò lanzó una carcajada llena de amargura.

—¿Quieres saber la verdad? ¿Toda la verdad? Lo que sentí fue alivio de que mi padre hubiera ganado tanto dinero y de que, de algún modo, el dinero me llegara intacto. Significaba que podía pagar el alquiler y las deudas. Significaba que podía enviar a Michela a un buen internado. Con trece años, era demasiado rebelde para mí. Y significó que yo pude vivir mi vida. Yo pude capitalizar aquella victoria y agrandarla aún más. Eso fue lo que hice. Me compré mi primera finca con ese dinero. A finales del primer año, ya había comprado tres.

Alannah asintió. De repente, comprendió por qué había sido tan estricto con su hermana. Aquella naturaleza tan controladora debió de surgir como una especie de antídoto a la completa falta de control de su padre. La inseguridad económica le había empujado a seguir y a amasar una colosal fortuna que nadie podría arrebatarle jamás. Su riqueza estaba perfectamente protegida, pero al hacerlo se había creado un mundo aparte de los otros hombres.

—¿Y todo esto ocurrió en Navidad? ¿Es por eso por lo que odias tanto estas fechas?

—No —comentó él—. Simplemente, las Navidades vinieron a simbolizar el epicentro vacío de nuestra vida familiar. Para mí siempre era un tiempo vacío. Mi madre se gastaba mucho dinero decorando las habitaciones de nuestro apartamento, pero nunca estaba allí. Incluso el día de Nochebuena se lo pasaba sentada junto a mi padre mientras él jugaba a las cartas. Supuestamente, le daba suerte, pero en realidad solo quería evitar que cualquier mujer pechugona se le acercara.

Alannah hizo un gesto de dolor al escuchar la frase, pero de repente comprendió los prejuicios que había tenido hacia ella. Para él, las mujeres pechugonas y con poca ropa eran las que amenazaban la relación de sus padres. La puritana desaprobación que había mostrado hacia ella no había conseguido destruir la poderosa lujuria que sentía, lo que debió de confundirle profundamente. Y para Niccolò, todo era blanco o negro. No había grises.

—Para mí, las Navidades eran como una especie de representación. Teníamos la decoración, pero nadie sabía qué frases tenía que decir.

Alannah se dio cuenta de que había hecho exactamente lo mismo. Había tratado de recrear la Navidad perfecta, pero lo que había creado no era más auténtico que las Navidades vacías del pasado de Niccolò.

—Ay, Niccolò. Lo siento mucho. No lo sabía.

Él la miró. El rostro se le había dulcificado un poco.

—¿Y cómo lo ibas a saber? Yo jamás he hablado al respecto. Con nadie.

—Tal vez sería una buena idea sentarse con Michela y hablar con ella al respecto.

—¿Y destruir sus recuerdos?

—Los recuerdos falsos son muy peligrosos. Igual que los secretos. Mi madre esperó hasta que se estaba muriendo para decirme que le echaron droga en la bebida y que ni siquiera conocía el nombre de mi padre. Ojalá me lo hubiera dicho antes. Me habría gustado poder decirle lo mucho que la admiraba por haberme tenido.

—Parece una mujer maravillosa.

—Lo era —susurró ella. De repente, se sintió muy

vulnerable, por lo que, en un esfuerzo por distraerse, se levantó y se dirigió a la ventana–. Me temo que la nieve no muestra señales de empezar a derretirse.

–No.

–Supongo que, si eso hace que te sientas mejor, podríamos retirar todas las decoraciones. Entonces, podríamos ver algo en la tele, como por ejemplo ese programa que ha estado generando tanta publicidad. ¿Has oído hablar al respecto? Se llama *Que le den a la Navidad*.

Sin previo aviso, Niccolò se levantó de la silla y se dirigió a ella. Alannah lo miró a los ojos y vio que la amargura había sido reemplazada por el deseo.

–Podríamos hacer otra cosa, *mia fata* –susurró–. Algo mucho más atractivo, algo que llevo deseando hacer desde que entré aquí. Podría llevarte arriba a la cama y hacerte el amor allí.

Alannah lo miró y, al observar sus rasgos suavizados por el deseo, llegó a la conclusión de que nunca lo había visto tan guapo. Lo deseaba igual que lo había deseado siempre, pero, en aquella ocasión, el deseo iba acompañado de algo más, algo mucho más poderoso e inexplicable. La necesidad de abrazarlo y reconfortarlo después de todo lo que le había contado. La necesidad de abrazarlo y protegerlo.

Sin embargo, él tan solo se lo había contado por la situación en la que se encontraban. Alannah debía enfrentarse a la verdad. Tan solo la quería por el sexo. Nada más. Ella necesitaba proteger su vulnerable corazón. Tal vez había llegado el momento de distanciarse de él durante un tiempo. De darse espacio mutuamente.

Niccolò comenzó a besarla y ya era demasiado tarde para decir nada. Cuando la besaba de ese modo, Alannah se sentía perdida.

Capítulo 9

LENTAMENTE, Niccolò lamía la deliciosa y rosada carne del pezón de Alannah hasta que consiguió que ella se despertara. Levantó los brazos por encima de la cabeza y se estiró lánguidamente mientras su sedosa melena oscura caía por la almohada como si fuera una bandera negra.

–Niccolò –murmuró ella mientras entreabría los ojos.

Él le dedicó una sonrisa de satisfacción al notar que ella pronunciaba su nombre casi como un suspiro, una variación más de las diferentes maneras en las que lo había hecho a través de la noche. Lo había gemido. Lo había susurrado. Incluso lo había gritado al tiempo que le clavaba las uñas sobre la espalda cubierta de sudor mientras él la montaba. Niccolò recordaba que ella le había preguntado después que si siempre era así. Él no la había respondido. No se había atrevido. Por una vez, se había quedado sin palabras para describir una noche que había superado todas las demás. Había sido un orgasmo detrás de otro y, en aquella ocasión, se había acordado de utilizar preservativo. Diablos. Incluso el hecho de ponerse un preservativo le había parecido aquella noche que debería incluirse en las páginas del *Kama Sutra*. Tragó saliva al experimentar de nuevo el deseo con tan solo pensarlo. Ningún orgasmo le había resultado más poderoso ni ningún beso tan profundo.

Aún estaba tratando de comprender por qué. ¿Tal vez porque le había permitido a Alannah vislumbrar el baldío paisaje de su pasado o porque había tenido que esperar tanto tiempo para poseerla? Le lamió una vez más el pezón. Tal vez se trataba simplemente del hecho de haber descubierto que ella no tenía nada que ver con la mujer que se había imaginado.

–Niccolò...

–¿Umm?

–¿Ya ha amanecido?

–Creo que sí, aunque en estos momentos no me importa. ¿Y a ti?

–No... creo que no –susurró ella con voz de ensueño.

–Bien.

Deslizó la lengua por el cuerpo de Alannah. Sintió cómo la erección se hacía más firme al llegar al vientre. Sin embargo, la importancia anatómica de aquella parte del cuerpo le hizo pensar en lo que llevaba un tiempo tratando de olvidar. ¿Estaba Alannah embarazada? Se recordó que era una posibilidad, no un hecho, y que él solo se enfrentaba a hechos. En aquellos momentos, no había nada que pudiera hacer al respecto, por lo que podía seguir trazando una línea de deseo por la piel de ella y poder así amordazar la oscuridad de sus pensamientos con la breve amnesia del placer.

Bajó hacia los pies de la cama y se arrodilló sobre ella. Estaba sentado a horcajadas sobre su cuerpo. Entonces, le separó las piernas y bajó la cabeza. El oscuro triángulo de vello era tan suave que por un momento se dedicó a torturar aquellos rizados mechones con los dientes. Ella comenzó a retorcerse de placer cuando Niccolò, con ligera precisión, apuntó al clítoris con la lengua. Las manos que se habían aferrado a la sábana fueron a agarrarse a los hombros de él.

El sabor de Alannah era cálido y húmedo. Los grititos de urgencia se acrecentaron cuando él le agarró las caderas y las inmovilizó con firmeza contra el colchón para poder aplicar aún mejor la presión de la lengua. Oyó que ella gritaba su nombre. Sintió que iba perdiendo el control. De repente, notó que ella comenzaba a temblar contra su boca.

–¡Niccolò! –susurró–. Oh, Niccolò...

El deseo que él sentía era tan grande que no pudo hablar. Con gesto urgente, alcanzó un preservativo y se hundió en su cálida humedad.

Niccolò gruñó. Ella parecía estar tan apretada, o podía ser porque él se sentía muy grande. Quería explotar una vez más dentro de ella, eyacular de nuevo a pesar de que Alannah ya había extraído todas y cada una de las semillas de su cuerpo.

No fue así. Niccolò se hundió en ella hasta que no supo dónde empezaba ella y dónde terminaba él. Alannah comenzó a arquear la espalda y cerró los ojos. Cada espasmo que recorrió el cuerpo de ambos pareció dejarlos sin ánimo y sin respiración.

–No sé cuánto placer más puedo tomar –dijo ella por fin mientras apretaba el rostro contra el hombro de Niccolò.

–¿Acaso no sabes que una persona jamás puede tener demasiado placer, *mia tentatrice*?

Alannah arrugó la nariz mientras él miraba al techo. No estaba de acuerdo. Claro que se podía. Siempre había una serpiente en el jardín del Edén. Todo el mundo lo sabía. Pensó en todas las cosas que él le había contado la noche anterior. El corazón se le deshizo de pena al escuchar su historia. Se había sentido tan cerca de él y tan halagada de que Niccolò hubiera confiado en ella lo suficiente como para hablarle de su pasado... Sin embargo, eso también era muy peligroso. Si no tenía cuidado, podría empezar a hacerse fantasías sobre algo que jamás podría durar.

Miró hacia la ventana, donde la luz del día ya relucía contra los cristales. Se dio cuenta de que era la mañana de Navidad. Observó que él se levantaba y se dirigía a la ventana para apartar las cortinas.

Había nieve por todas partes. Las ramas de los árboles y los arbustos estaban cargadas de copos. El mundo era totalmente blanco y no se oía nada. Alannah supo que no debía dejar que aquella perfección de cuento de hadas le hiciera olvidarse de la realidad de su situación.

Colocó las manos bajo el edredón y se las puso sobre el vientre.

–No hemos hablado de lo que va a ocurrir si estoy embarazada.

Niccolò tardó en contestar, como si se estuviera tomando su tiempo para elegir bien las palabras.

–Evidentemente –dijo él por fin–, si se diera esa situación, me vería obligado a considerar casarme contigo.

Alannah hizo todo lo posible para no reaccionar, porque él lo había hecho sonar como si se le obligara a alguien a tomar un amargo veneno. Guardó silencio unos instantes y, cuando respondió, eligió las palabras tan cuidadosamente como lo había hecho él.

–Antes de que lo hagas, creo que hay algo que deberías tomar en cuenta. Quedan lejos los días en los que las mujeres se veían obligadas a casarse contra su voluntad porque había un niño de camino. Si estoy embarazada, querré que mi bebé tenga amor, un amor verdadero. Querré que mi hijo disfrute de la felicidad antes que de la riqueza, de la satisfacción antes que de la ambición. Querré que mi hijo crezca y se convierta en una persona cariñosa y con los pies en la tierra. Evidentemente, nada de todo esto sería posible contigo como cínico modelo. Así que no te preocupes, Niccolò. No te voy a empujar al altar.

Había esperado ira o indignación, pero no obtuvo ninguna de las dos cosas. La expresión de Niccolò se mantuvo tranquila, sin mostrar compromiso alguno. Incluso le pareció ver una pizca de diversión en aquellos ojos negros.

–¿Has terminado? –le preguntó él.

–Supongo que sí –respondió ella encogiéndose de hombros.

–En ese caso, prepararé café.

No solo preparó café. Después de darse un baño, Alannah bajó a la cocina y lo encontró cascando huevos muy diestramente con una sola mano.

–¿Quieres desayunar? –le preguntó él.

–No sé si quiero tomar huevos.

–Pues deberías tomar algo.

–Supongo que sí.

Alannah se sentó y tomó la taza de café que él le sirvió. Después de unos minutos, él le colocó un plato de huevos revueltos sobre la mesa. Alannah debía de estar mucho más hambrienta de lo que quería admitir porque se lo tomó todo. Después, se puso a observar cómo comía Niccolò.

–Deberíamos investigar cómo están las carreteras –comentó ella–. Tal vez podamos salir de aquí.

–Todavía no –repuso él antes de tomar un sorbo de café–. Creo que deberíamos ir primero a dar un paseo.

Me parece que el aire fresco te vendría bien para ponerte color en las mejillas.

—Para eso está el colorete.

Niccolò sonrió.

—He visto que hay un armario bajo la escalera repleto de botas y de cazadoras impermeables. ¿Por qué no vamos a investigar?

Encontraron los anoraks y se los pusieron. Niccolò le abrochó el suyo a Alannah. Ella siguió recordándose el mismo mantra que llevaba diciéndose toda la mañana: que nada de todo aquello significaba nada. Solo eran dos personas que estaban solas en Navidad y que disfrutaban teniendo sexo.

Sin embargo, en el momento en el que salieron a la nieve resultó imposible mantener las cosas en perspectiva. Parecía que la naturaleza estaba conspirando contra ellos. ¿Cómo podía ella no sentirse afectada cuando parecía que se había visto transportada a un mundo mágico con un hombre que la hacía sentirse tan viva?

Caminaron por el campo, pisando nieve virgen. Alannah se sorprendió cuando él le agarró la mano. Resultaba extraño cómo algo tan insignificante podía tener tanto significado, en especial si se pensaba en las muchas otras intimidades que habían compartido. Darse la mano podría describirse fácilmente como ternura y la ternura tenía mucho peligro.

Una vez más, comenzaron a hablar sobre su vida, en aquella ocasión sobre las razones que lo llevaron a él a vivir en Londres y sobre las vacaciones de ella en Irlanda. Alannah le preguntó cómo conoció a Alekto Sarantos y él le habló de que los dos tenían un amigo en común, Murat, el sultán de Qurhah, y un viaje de esquí de hacía mucho tiempo en el que cuatro machos alfa se habían desafiado sobre las pistas de esquí.

–No sabía que conocías a Luis Martínez –dijo ella–. Estamos hablando del piloto de carreras y campeón del mundo Luis Martínez, ¿no?

–Excampeón del mundo –comentó él.

Alannah se dio cuenta de lo competitivos que eran los cuatro amigos. Niccolò le contó cómo odiaba los coches que ocupaban el carril central de las autopistas y ella le confesó su desagrado por las drogas y por la gente que ignoraba a los dependientes hablando por su teléfono móvil. Fue como si hubieran tomado la tácita decisión de mantener la conversación en un terreno estrictamente neutral. Inesperadamente, a Alannah le resultó relajante. Para cualquiera que los observara, probablemente parecían una pareja corriente que había elegido pasar unas vacaciones de ensueño en solitario. Y eso era en realidad. Un sueño.

–¿Te está resultando esto imposible? –le preguntó ella–. Estar aquí con la Navidad por todas partes. Anoche estabas deseando marcharte.

Niccolò le dio una patada a la nieve.

–No. Me resulta más fácil de lo que me había imaginado. Tú eres muy buena compañía. De hecho, creo que disfruto hablando contigo casi tanto como besándote. Aunque pensándolo bien...

Ella se apartó y se dio la vuelta. Parpadeó furiosamente porque la amabilidad era casi tan peligrosa como la ternura a la hora de distorsionar la realidad. Sin embargo, aquello estaba empezando a afectarle. Resultaba extraño cómo unas cuantas palabras tenían el poder de conseguir que todo fuera diferente. De repente, el mundo parecía más colorido y brillante a pesar de estar carente de color. La nieve hacía que destacara aún más el color de las bayas.

Ella agarró una rama y la dobló. Entonces, observó

cómo recuperaba su forma lanzando la nieve por el aire. Soltó una carcajada.

Se giró de nuevo y vio que Niccolò la estaba observando. Al ver la expresión de su rostro, a ella se le secó la boca y reconoció el deseo en aquellas profundidades oscuras.

–¿Qué... qué vamos a hacer si no se deshace? –le preguntó ella sin aliento.

Niccolò se inclinó hacia delante y le colocó un dedo enguantado sobre los labios.

–Adivínalo.

Capítulo 10

NICCOLÒ le hizo el amor en cuanto llegaron a la cabaña, cuando ella tenía aún las mejillas frías del aire exterior y los dedos helados. Ella se tumbó sobre la alfombra que había delante del fuego con los brazos estirados por encima de la cabeza tan solo con unas braguitas. Su timidez pareció ya un recuerdo distante.

Niccolò no dejaba de depositarle besos sobre cada centímetro de su cuerpo. Los dedos exploraban también la piel con atención y curiosidad. Ella se aferró a él con repentina urgencia y contuvo el aliento cuando Niccolò la penetró. Entonces, dejó escapar el aire como si fuera una señal de dulce rendimiento.

Le encantaba el contraste entre los cuerpos de ambos: el de él tan moreno y el suyo, pálido y cremoso. Le gustaba ver cómo las llamas prendían fácilmente entre ellos y cómo las extremidades se entrelazaban perfectamente. Le encantaba el modo en el que él echaba la cabeza hacia atrás al alcanzar el orgasmo, al tiempo que lanzaba un profundo gemido de gozo.

Mucho más tarde, él le puso a Alannah un jersey suyo y se dispuso a preparar el almuerzo mientras que ella se acurrucaba en el sofá. De repente, se sintió muy relajada. Verdaderamente relajada.

—Resulta raro —dijo ella mientras él echaba las verduras en un cazo—, verte en la cocina tal y como estás ahora mismo, sabiendo lo que tienes que hacer.

–Porque lo sé. No se trata de ciencia en estado puro. A menos que pienses que la cocina es demasiado complicada para un hombre y que las mujeres son infinitamente superiores en la cocina.

–Las mujeres son superiores en muchas cosas –comentó ella–, aunque no necesariamente en la cocina. Y ya sabes a lo que me refiero. Eres el dueño de una empresa multinacional. Resulta extraño verte picando zanahorias.

Niccolò se echó a reír y agarró un puñado de hierbas frescas. En realidad, ella había tocado un punto débil. Solo porque supiera cocinar, no significaba que lo hiciera. De hecho, hacía mucho tiempo que no se había colocado frente a los fogones. Le gustaba cocinar, crear algo de la nada. Aprendió a cocinar para dar de comer a su hermana en los primeros tiempos, aunque, a medida que ella fue creciendo, sus responsabilidades hacia ella fueron reduciéndose. Cuando la envió al internado, solo se ocupaba de ella en vacaciones, aunque había disfrutado de su papel de casi padre y se había asegurado de que lo hacía lo mejor posible. Como todo en la vida.

Recordó los viajes al mercado, cerca del Circus Maximus de Roma. Se llevaba a Michela con él para enseñar a la adolescente a escoger las verduras más frescas y las mejores piezas de fruta. Todos los dueños de los puestos le prestaban atención y le decían cosas agradables. Incluso le daban alguna que otra pieza de fruta.

Cuando Michela por fin se marchó de casa, él llenó todas las horas que tenía disponibles con trabajo, aumentando su cartera de propiedades con determinación. A medida que su riqueza iba creciendo, lo hizo también su habilidad para delegar. Comía fuera de casa todos los días. El frigorífico de su apartamento estaba completamente vacío, aparte de café y champán. Su apartamento no era más que una base con una cama. No era un hogar porque a él no le interesaban los hogares. Sin embargo, mientras echaba un poco de limón al pescado, se dio cuenta de lo mucho que había echado de menos la sencilla rutina de la cocina.

Vio que Alannah aún lo estaba observando. Estaba acurrucada, con las piernas recogidas debajo del cuerpo. El jersey de Niccolò le daba un aspecto increíblemente frágil. El cabello negro le caía por los hombros y los ojos azules relucían. La imagen era tan inocente que él sintió que se le encogía el corazón.

Se apartó deliberadamente para tomar una botella de vino y dos copas. «Ella es tan solo una espina que te estás tratando de sacar», se recordó.

Su rostro había recuperado la compostura cuando le dio una de las copas de vino.

—Feliz Navidad —le dijo.

Los dos tomaron el vino, encendieron velas y almorzaron. Después, volvieron a hacer el amor y se quedaron dormidos en el sofá. Cuando se despertaron, las velas casi se habían consumido y en el exterior el cielo estrellado estaba oscuro y limpio de nubes.

Alannah se acercó a la ventana. Niccolò se preguntó si sabía que el trasero se le quedaba al descubierto con cada paso que daba.

—Creo que la nieve podría estar deshaciéndose —comentó ella.

Niccolò notó una inconfundible nota de desilusión en su voz y algo en su interior se endureció. ¿Acaso pensaba ella que podían vivir en aquella pequeña burbuja para siempre y fingir que el resto del mundo no existía?

Insistió en cargar el lavavajillas y en preparar el té para tomar con las trufas. Cualquier cosa con tal de no sentarse y dejar que su mente pensara demasiado.

Sin embargo, la actividad no podía silenciar permanentemente los pensamientos que se estaban desarrollando dentro de él. Repasó lo que ella había dicho antes sobre poner la felicidad antes de la riqueza y la satisfacción antes que la ambición. Sobre lo de no querer arrastrarlo al altar.

Esa no era una decisión que pudiera tomar ella sola. Si había un bebé, solo había una solución sensata y era el matrimonio.

Tensó la mandíbula. Evidentemente, era algo sobre lo que había pensado antes. Le gustaban los niños y era padrino de varios. En realidad, debía reconocer que, algún día, le gustaría ser padre y tener un hijo con una mujer que él hubiera elegido.

Se imaginó que sería rubia y ligeramente distante. Tal vez una estadounidense rubia que pudiera rastrear los orígenes de su familia varias generaciones, que fuera capaz de mantener sus sentimientos bajo control y que no creyera en los cuentos de hadas. La clase de mujer con la que él se sintiera seguro

Observó a Alannah. Ella no era distante. De hecho, jamás había conocido a una mujer que fuera tan accesible. Incluso con una taza de té entre las manos, parecía... salvaje. Sintió que se le secaba la garganta. Ella despertaba algo dentro de él, algo... peligroso. Algo que amenazaba con hacerle perder el control. Siempre había sido así. Ella le hablaba como nadie más lo hacía y lo trataba de un modo en que nadie más se atrevería.

Sin embargo, provenía de una familia mucho menos estable que la suya. Ya había apostado por ella una vez, pero no había necesidad de hacerlo más veces. Tal vez su padre no le hubiera enseñado muchas cosas, pero una que sí sabía era que cuanto más se apostara, más posibilidades se tenía de perder. Lo más sensato que podía hacer era alejarse de ella. Seguir andando sin mirar atrás.

Tragó saliva. Si estaba esperando un hijo suyo no podría hacerlo. No le quedaría más remedio que quedarse con ella. Tendría que atarse a alguien que bajo ningún concepto encajaba con la imagen de la mujer con la que quería casarse. Eran dos personas completamente opuestas unidas por una incierta pasión. ¿Qué futuro podría haber entre ellos?

Ella lo miró con expresión cautelosa.

–¿Por qué me miras frunciendo el ceño?

–No me había dado cuenta.

–En realidad, lo de fruncir el ceño no es exacto. Me estabas mirando fijamente.

–¿De veras? –le preguntó mientras se reclinaba en el sillón–. He estado pensando.

–Parece preocupante.

–A pesar de todas tus palabras de rebeldía de esta mañana, si estás embarazada voy a casarme contigo.

–¿Qué... qué es lo que te ha hecho pensar en eso? –le preguntó ella. Se había sonrojado.

Vio la esperanza reflejada en los ojos de Alannah y decidió que no debía seguir fomentándola. No era justo. Tenía la responsabilidad de decirle la verdad. Lo último que quería era que ella pensara que él era capaz de sentir los mismos sentimientos que otros hombres. No debía engañarla ni hacerle creer que su gélido corazón podría estar derritiéndose porque eso no iba a ocurrir nunca.

–De repente me he dado cuenta –dijo él lentamente–,

de que jamás podría tolerar que mi hijo o mi hija crecieran lejos de mí y llamaran papá a otro hombre.

—A pesar de que yo soy la última persona con la que considerarías casarte en circunstancias normales.

Niccolò la miró a los ojos. ¿Acaso no había sido siempre sincero con ella? ¿No sabría ella ver a través de una mentira si decidiera contársela para hacer que se sintiera mejor?

—Supongo.

Ella dejó la taza rápidamente, como si tuviera miedo de derramar su contenido.

—¿Tiene todo esto que ver con la posesión?

—¿Por qué no? Ese niño es medio mío.

—¡Ese niño del que hablas podría no existir! —le espetó ella—. ¿No te parece que deberíamos esperar hasta saberlo con certeza antes de empezar a discutir sobre los derechos parentales?

—¿Cuándo puedes saberlo?

—Me haré la prueba cuando regrese a Londres —prometió ella.

Se levantó del sofá y se frotó los ojos con los puños cerrados. El cálido y relajado ambiente de antes se había desvanecido.

Subió al cuarto de baño para echarse agua fría en el rostro y tratar de contener las lágrimas. Se sentía presa de un gran sentimiento de frustración. No quería estar así. No podía culpar a Niccolò por lo que había dicho solo porque no encajara con sus fantasías. Él había sido sincero con ella. Tal vez aquello era un toque de atención para que empezara a protegerse a sí misma. Para empezar a enfrentarse a la realidad.

Su cuento de Navidad se había terminado.

Regresó al salón y encendió la televisión. Suspiró aliviada cuando el meteorólogo anunció que una masa de aire cálido se acercaba desde España y que se esperaba que la nieve se derritiera a últimas horas de la mañana.

–Buenas noticias –dijo ella–. Ya podemos irnos a Londres

Niccolò observó que se levantaba para tirar los restos de las trufas y los dulces de frutas escarchadas a la basura. Cada vez que él trataba de entablar conversación, ella respondía con un monosílabo. Nunca antes una mujer lo había tratado de aquel modo tan frío.

Sin embargo, eso no les impidió disfrutar del sexo aquella noche. Muy buen sexo. Niccolò la abrazó con pasión, que ella le devolvió con creces. El dormitorio estaba bañado por la luz de la luna, él observó cómo Alannah se arqueaba debajo de él y gritaba su nombre.

Se despertó con el sonido del deshielo. Las predicciones meteorológicas habían sido muy exactas. La nieve se estaba deshaciendo. Dejó que Alannah siguiera durmiendo y empezó a recoger. Preparó café y luego salió a ver el coche a la carretera. Cuando regresó a la cabaña, ella ya se había levantado y estaba vestida. Tenía una taza en la mano y estaba muy pálida. Había apagado las luces del árbol. En aquellos momentos, el salón parecía deslucido y sin brillo.

–La Navidad ha terminado –dijo ella alegremente como si Niccolò fuera un desconocido.

–¿Y el árbol?

–Me lo prestó la mujer a la que le alquilé la cabaña. Me dijo que ella lo retiraría.

–Alannah...

–No. No quiero mentiras ni despedidas falsas. Solo quiero regresar a Londres y terminar el trabajo que tú me has encargado.

Niccolò se sintió un poco irritado por aquella actitud tan testaruda, pero no parecía que pudiera hacer nada al respecto. Durante el viaje de vuelta a Londres, ella estuvo prácticamente en silencio.

La llevó a Acton y aparcó frente a su casa, donde la mayoría de las viviendas cercanas estaban adornadas con el espumillón más feo del mundo. Alguien había colocado un Papá Noel hinchable en el jardín delantero.

–Gracias por traerme –dijo ella mientras se disponía a abrir la puerta.

–¿No vas a invitarme a pasar?

–¿Y por qué iba a hacerlo?

–Tal vez porque nos hemos estado acostando juntos y podría querer ver dónde vives.

Alannah dudó un instante y se odió por ello. Se preguntó si, en realidad, se avergonzaría de su casita y temería la reacción que él pudiera tener. O tal vez era una reacción instintiva porque no estaba dispuesta a mostrarle más cosas de sí misma.

–Está bien, entra –le dijo de mala gana.

–*Grazie* –replicó él con ironía.

Hacía mucho frío en la casa cuando ella abrió la puerta. Había puesto la calefacción al mínimo antes de que llegara el taxi que la iba a llevar a la cabaña, por lo que la casa estaba helada. Mientras ajustaba el termostato, Niccolò estaba en el centro del salón mirando a su alrededor como si estuviera en un país extranjero y no supiera exactamente lo que hacer. Alannah se preguntó cómo había conseguido que sus muebles parecieran más adecuados para una casita de muñecas.

–¿Quieres que te la enseñe? –le preguntó.

–¿Por qué no?

Alannah se alegró de haberlo dejado todo limpio y ordenado, sobre todo en el dormitorio y en el cuarto de baño. A pesar de todo, no le gustaba tener que enseñarle un apartamento minúsculo, en el que ella había tratado de maximizar el espacio sin gastar mucho dinero. A ella le parecía un lugar relajante y creativo, pero se preguntó qué impresión se estaría llevando él. Prácticamente, se podía meter la casa entera en el vestidor que tenía en Mayfair.

Regresaron por fin al salón. En aquellos momentos, se dio cuenta de que Niccolò era para ella casi un desconocido. Una terrible tristeza se apoderó de ella. Resultaba extraño pensar que hacía tan solo unas cuantas horas lo había tenido dentro de su cuerpo haciéndola sentir que había entre ellos un vínculo que ella jamás había compartido con nadie.

—Te ofrecería un café, pero quiero ponerme a hacer cosas. Si Alekto quiere el apartamento para la fiesta de Año Nuevo, será mejor que me ponga a trabajar.

—¿Piensas trabajar hoy?

—Por supuesto. ¿Qué pensaste que iba a hacer? ¿Echarme a llorar porque nuestra doméstica Navidad ha terminado? Me ha gustado mucho, Niccolò. Ha sido una experiencia muy interesante. Tú eres un buen cocinero y un gran amante, pero seguramente ya lo sabes.

Le indicó cortésmente la puerta. De repente, él la agarró por la muñeca.

—¿No se te ha olvidado algo? —le preguntó con voz gélida y los ojos brillando con declarada hostilidad.

Alannah apartó la mano y tragó saliva antes de mirarlo.

—No, no se me ha olvidado. No se puede olvidar algo así fácilmente. No te preocupes, Niccolò. Te haré saber si estoy embarazada o no.

Capítulo 11

NO ESTOY embarazada.

La voz de Alannah sonaba distorsionada, como si proviniera de un lugar muy lejano en vez de simplemente desde el otro lado del escritorio. Niccolò no dijo nada, al menos no inmediatamente. Se preguntó por qué el corazón se le había contraído con algo parecido al dolor. Debía de haberse imaginado el frío sabor de la desilusión. ¿Acaso no era aquella la noticia que estaba esperando? La única solución sensata a un problema que no debería haberse producido jamás.

Miró a Alannah, que se hallaba sentada en una silla enfrente de él y pensó en lo pálida que ella estaba. Además, tenía unas profundas ojeras, como si no hubiera estado durmiendo bien.

¿Habría estado ella, igual que él, desvelado toda la noche, recordando lo que sentían cuando hacían el amor y cuando se quedaban dormidos con los brazos y las piernas entrelazados?

–¿Estás segura? –le preguntó él mientras apoyaba las manos sobre la superficie del escritorio.

–Al cien por cien.

Se preguntó por qué ella habría elegido decírselo allí y en aquel instante. ¿Por qué había acudido a verlo después de conseguir que Kirsty le diera una cita de diez minutos? ¡Y Kirsty ni siquiera lo había consultado primero con él!

–¿No podrías haber elegido un momento y un lugar más adecuados para decírmelo? –le preguntó él con impaciencia–. ¿O es simplemente que sigues decidida a mantenerme a distancia?

–He estado muy ocupada.

Esa era la excusa que él siempre utilizaba. Se reclinó sobre su butaca y la estudió.

–Ni siquiera quieres salir a cenar conmigo.

–Estoy segura de que lo superarás.

–Pensé que habías dicho que disfrutaste de nuestro «experimento» navideño. ¿Por qué no seguir con él un poco más? Venga ya, Alannah –dijo él con una sonrisa en los labios–. ¿Qué hay de malo en ello?

Alannah lo miró fijamente. ¿Que qué había de malo en ello? ¿Hablaba en serio? Sin embargo, ese era precisamente el problema. Que hablaba en serio. Sin sentimientos, con cinismo, regido tan solo por el apetito sexual. Evidentemente, Niccolò no veía razón alguna para que no prosiguieran con su aventura porque para cada uno de ellos significaba cosas muy diferentes. Para él, tan solo era una diversión, mientras que para ella, cada vez que lo veía, era como si alguien le arrancara un trocito de corazón.

Había elegido el despacho y una cita en la que darle la noticia para evitar precisamente aquella conversación. En realidad, había considerado decírselo por teléfono, pero había llegado a la conclusión de que aquello se volvería en su contra. Él podría haber insistido en verla cara a cara y lo habría hecho cuando ella no estuviera preparada.

Ya le estaba costando demasiado permanecer neutral en aquellos momentos, incluso con la seguridad que proporcionaba el escritorio entre ellos. Sentado allí con su impoluta camisa y su elegante traje, Niccolò estaba muy guapo. Ella tan solo quería rodearle con sus brazos y conseguir que él le dijera que todo iba a salir bien. Sin embargo, no quería que una mujer como ella se apoyara en él. Además, ella era fuerte e independiente. No necesitaba a un hombre que jamás podría darle lo que deseaba, siendo el amor lo que deseaba de él.

—No has hecho nada –dijo ella–. Ni has hecho ni has roto promesas. Todo está como se supone que tiene que estar, Niccolò. Lo que ocurrió entre nosotros fue genial, pero jamás estuvo hecho para durar. Y así ha sido.

—¿Y si...? ¿Y si yo quisiera que durara? Al menos un poco más. ¿Qué pasaría entonces?

Alannah se tensó cuando el miedo y el anhelo se apoderaron de ella.

—¿Y cuánto tiempo tenías en mente? –le preguntó dulcemente–. ¿Una semana? ¿Dos tal vez? ¿Sería descabellado pensar que podría durar un mes entero?

—¿Acaso importa? –le preguntó él–. No todas las relaciones entre un hombre y una mujer duran para siempre.

—Sin embargo, la mayoría de las relaciones no comienzan con una discusión sobre cuándo van a terminar –le espetó ella. Contuvo la respiración y rogó para poder mantener la compostura un poco más de tiempo–. Mira, nada ha cambiado. Yo sigo siendo la misma mujer que siempre fui, aparte de que tengo que darte las gracias por ayudarme con mis inhibiciones. Sin embargo, sigo sin saber quién era mi padre y sigo ocupando la posición en la sociedad que haría que alguien con tu sensible antena social retrocediera horrorizado.

Las apariencias te importan, Niccolò. Lo sabes. Entonces, ¿por qué no celebras simplemente el hecho de que hemos tenido suerte y de que no tienes que estar conmigo por el bien de un posible bebé? –le preguntó ella. Entonces, se levantó–. Ahora, me marcho para terminar el apartamento de Alekto para la fiesta. Aún tengo algunos detalles de última hora de los que debo ocuparme.

–Siéntate. Aún no he terminado.

–Pues yo sí. Nos hemos dicho todo lo que nos teníamos que decir. Se ha terminado, Niccolò. No soy tan estúpida como para querer quedarme teniendo relaciones sexuales con un hombre que desprecia todo lo que yo represento.

–Eso no es verdad. No desprecio todo lo que tú representas. Realicé algunos juicios y algunos de ellos estaban equivocados.

–¿Solo algunos de ellos?

–¿Por qué no puedes aceptar lo que te estoy ofreciendo? ¿Por qué tienes que querer más?

–Porque lo valgo –le espetó ella. Se colgó el bolso del hombro–. Ahora me marcho.

Niccolò se levantó también.

–¡No quiero que te vayas!

–Mala suerte. Me voy. *Ciao*.

Para sorpresa de Niccolò, Alannah se marchó de su despacho sin mirar atrás.

Durante un instante, se quedó allí inmóvil, aturdido. Pensó en salir corriendo detrás de ella, en tomarla entre sus brazos y besarla para luego ver si ella estaba tan segura de que su relación había terminado. Pero así conseguiría que todo siguiera en torno al sexo. Y el sexo siempre había sido la parte menos problemática de aquella ecuación. Además, Kirsty le había llamado por el interfono para decirle que la cita que tenía a las once había llegado. Tuvo que concentrarse en lo que su arquitecto tenía que decirle en vez de en un par de testarudos labios rosados que aún se moría de ganas de besar.

A las siete de aquella tarde, decidió que Alannah había estado en lo cierto. Era mejor terminar antes de involucrarse demasiado profundamente. No sería justo romperle el corazón como lo había hecho con tantas otras. Ella empezaría a enamorarse de él. Querría más de lo que Niccolò era capaz de darle. Era mejor que los dos reconocieran las limitaciones de él en aquellos momentos.

Volvió a mirar el reloj. Tal vez debería volver a su rutina de siempre. Salir a cenar con otra mujer sería lo más adecuado. Una cena civilizada con alguien que no se le metiera tan cerca del corazón como ella.

Repasó su agenda, pero ningún nombre lo excitaba lo suficiente como para tomar el teléfono. Hizo que su chófer lo llevara a casa y estuvo trabajando en su despacho hasta bien pasada la medianoche. Cuando se fue a la cama, no pudo dormir. No hacía más que recordar la noche que Alannah había pasado allí con él. Aunque la ropa de cama se había lavado, aún le parecía detectar su aroma entre las sábanas.

Pensó también en la cabaña. En las luces del árbol y en la nieve. En el sentimiento irreal de tranquilidad y satisfacción mientras le preparaba el almuerzo. El modo en el que los dos se habían dormido en el sofá después de hacer el amor. ¿No había sido aquello lo más cercano a la paz que había sentido en mucho tiempo?

Se dijo que todo era falso. Tan poco real como la Navidad.

Se tumbó y observó como los números luminosos del despertador iban cambiando poco a poco. Justo antes de que sonara la alarma, le llegó un mensaje de Alekto Sarantos.

¡No llegues tarde a mi fiesta! Hermosas mujeres en un hermoso apartamento. ¿Qué mejor modo puede haber de recibir el Año Nuevo? A.

Niccolò observó la pantalla de su móvil y se dijo que una fiesta era justamente lo que necesitaba. Además, Alekto organizaba siempre algunas de las mejores fiestas a las que él había acudido. Sin embargo, el pensamiento lo había dejado frío.

Se puso su ropa deportiva y se preparó para el gimnasio. Se preguntó por qué sus ojos parecían tan tristes y ensombrecidos.

En lo más profundo de su ser, sabía perfectamente por qué.

–Es espectacular –comentó Alekto Sarantos con una sonrisa mientras miraba a su alrededor–. Has transformado mi apartamento, Alannah. Has trabajado contra reloj para terminarlo a tiempo para mi fiesta. *Efkaristo poli*. Muchas gracias.

Alannah sonrió, aunque hacerlo le costaba un gran esfuerzo desde hacía algunos días. Era cierto que la casa estaba increíble, en especial cuando pensaba en cómo estaba antes. Como resultado, solo por saber que ella estaba decorando el apartamento del multimillonario griego, ya había recibido la llamada de las revistas de decoración de interiores más importantes para preguntarle si podían realizar allí una sesión de fotos. Dudaba que Alekto estuviera de acuerdo, dado que sabía que le gustaba mucho preservar su intimidad. Por supuesto, se lo preguntaría y, aunque él no le diera permiso, sentía que había doblado una esquina. Aquella era la gran oportunidad que llevaba mucho tiempo esperando. Y tenía que darle a Niccolò las gracias por ello.

Si las cosas le iban tan bien, ¿por qué se sentía tan vacía? ¿Por qué tenía que obligarse a parecer encantada sobre algo que siempre había soñado?

Suspiró. Conocía perfectamente la razón. Había cometido el error de enamorarse de un hombre que nunca le había ofrecido nada que no fuera sexo.

—Espero que vayas a venir a la fiesta —le decía Alekto—. Deberías ser la invitada de honor, después de lo que has conseguido aquí. A menos, por supuesto, que hayas hecho ya otros planes.

Alannah miró hacia el exterior y vio que estaba anocheciendo. Los únicos planes que tenía era sentarse a ver la televisión mientras esperaba que el Big Ben anunciara el Año Nuevo. Pensó en arreglarse para una fiesta con Alekto Sarantos y sus glamurosos amigos, cualquier persona en su sano juicio no dejaría pasar aquella oportunidad.

¿Y si Niccolò era uno de los invitados?

El corazón le latió apresuradamente. Las posibilidades eran muy altas. Los dos hombres eran muy buenos amigos. Negó con la cabeza.

—Te lo agradezco mucho, pero creo que prefiero pasar una velada tranquila en casa.

—Como prefieras —comentó Alekto encogiéndose de hombros—. Si cambias de opinión...

Alannah se marchó a su casa, se bañó y se lavó el cabello antes de ponerse su bata y un par de calcetines para sentarse después frente a la televisión. Buscó el canal adecuado. Miles de personas se dirigían ya a Trafalgar Square a pesar de que aún era temprano. La gente a la que entrevistaban se reía y bebía.

De repente, Alannah se vio como lo haría una mosca desde la pared. Una mujer sola, sentada en el sofá de su casa a las nueve de la noche de Nochevieja, ataviada con una bata y un par de calcetines.

¿En qué se había convertido?

Tragó saliva. Se había convertido en un cliché. Se había enamorado de un hombre que siempre había estado fuera de su alcance. Sin embargo, en vez de aceptarlo y de mantener la cabeza alta para poder seguir con su vida tal y como siempre había hecho, se había escondido. Era como una especie de topo viviendo en la oscuridad, protegida en su pequeño hábitat porque tenía miedo de salir. Era la peor noche del año para pasarla sola en casa, en especial si se tenía el corazón destrozado. Y, sin embargo, allí estaba. Como un topo.

¿Qué era lo que le preocupaba tanto? ¿Que pudiera ver a Niccolò con otra mujer? Eso sería lo mejor que le podría pasar. Así recordaría lo fácilmente que él era capaz de seguir con su vida y le haría aceptar la realidad en vez de dejarse llevar por ensoñaciones.

Se quitó los calcetines y la bata y se puso el vestido dorado que se había comprado para celebrar la Navidad. Luego, se maquilló de un modo desafiante y se puso sus zapatos más altos y un abrigo que le llegaba por los tobillos. Después, salió a la calle para dirigirse al metro. Había empezado de nuevo a nevar. Se bajó en Knightsbridge.

En aquella parte de la ciudad todo estaba más tranquilo. Había menos gente por la calle. Allí se celebraban fiestas privadas en vez de fiestas en la calle. Eso cambió cuando llegó a Park View. Los invitados se arremolinaban en el vestíbulo y su alegría era contagiosa. Compartió el ascensor con varias hermosas mujeres y un hombre que no hacía más que mirar su teléfono.

Cuando el ascensor se detuvo, la puerta del ático la abrió una camarera vestida de flamenco que llevaba una bandeja repleta de exóticos cócteles. Alannah fue a colgar su abrigo y luego recorrió el apartamento que tan bien conocía para dirigirse al salón. Resultaba extraño ver la casa tan llena de gente, pero tenía que reconocer que estaba espectacular. Los colores funcionaban a la perfección, proporcionando el efecto perfecto para la extensa colección de arte de Alekto. Alannah se enorgullecía especialmente de la iluminación.

A pesar de todo, sabía que Niccolò se enorgullecería de su trabajo. Tal vez se arrepentiría de algunas cosas, pero jamás de darle aquel trabajo. Ella debería estar contenta.

Un terrible dolor se apoderó de ella, acompañado aquella vez por el reproche. No debía estar pensando en Niccolò. Aquella iba a ser su única resolución para el Año Nuevo. Aquella parte de su vida había terminado. Tenía que seguir adelante. Era una pérdida de tiempo preguntarse lo que podría haber sido si hubiera estado embarazada o dejarse llevar por la desilusión.

Una mujer disfrazada de ave del paraíso le ofreció una copa, que Alannah aceptó. Al probarlo, se dio cuenta de que era más fuerte de lo que parecía y la dejó al ver que Alekto Sarantos se dirigía a hablar con ella.

—Has venido —le dijo con una sonrisa—. *Thavmassios.* Si cada persona que me ha preguntado quién se ha ocupado de la decoración me diera un euro, sería un hombre muy rico.

—Pero si ya lo eres —comentó ella riéndose.

Alekto se rio también. La miró fijamente antes de volver a tomar la palabra.

—Podría tener trabajo para ti en Grecia si te interesa.

Alannah no tuvo ni siquiera que pensarlo.

—Estaría encantada —dijo inmediatamente. Un país diferente podría ser precisamente lo que necesitaba. ¿Qué era lo que se decía? Año Nuevo, vida nueva.

—¿Por qué no llamas a mi despacho el lunes? —sugirió él. Le entregó una tarjeta.

—Lo haré —afirmó ella mientras se la guardaba en el bolso.

Alekto se marchó de su lado y, entonces, oyó una voz muy familiar, que se le enredó en la piel como si fuera terciopelo. Al darse la vuelta, vio a Niccolò a pocos metros de distancia. Tenía el cabello y los hombros cubiertos de nieve. Llevaba un abrigo oscuro de cachemira que le hacía destacar entre los demás invitados. Alannah se tensó y sintió que el corazón comenzaba a latirle a toda velocidad.

El nudo del estómago se le apretó un poco más. Había ido allí para mantener la cabeza bien alta, ¿no? No iba a esconderse ni a perder el tiempo deseando algo que jamás podría ser.

—Niccolò —dijo fríamente—. ¡Qué sorpresa verte aquí!

—¿Qué le estabas diciendo a Alekto?

—No creo que sea asunto tuyo.

—¿Sabes que es famoso por romperles los corazones a las mujeres?

—¡Vaya! ¿Te ha quitado a ti la corona? —le preguntó ácidamente—. ¿Y qué haces aún con el abrigo puesto?

–Porque he estado recorriendo Londres por todas partes buscándote –gruñó.

–¿Por qué?

–¿Por qué crees tú? –rugió él–. Fui a tu apartamento, pero no estabas allí.

Se había pasado la tarde preparándose, realizando cuidadosos planes sobre lo que le iba a decir. Había decidido sorprenderla porque él... él... Bueno, porque quería. Punto final.

Había dado por sentado que estaría sola en casa. Al llegar allí y ver que todo estaba a oscuras, se le cayó el alma a los pies. Ver todas aquellas ventanas sin luz le había parecido de repente una metáfora de su vida que confirmaba la certeza que llevaba sintiendo en su interior desde hacía ya varios días.

El instinto le hizo sacar el teléfono móvil para llamar a Alekto. Su corazonada resultó cierta. Su amigo le informó de que Alannah había sido invitada a la fiesta y, aunque ella había dicho que no iba a asistir, parecía haber cambiado de opinión. De hecho, acababa de entrar con el aspecto de una diosa ataviada con un espectacular vestido dorado.

Niccolò volvió a meterse en su coche y se marchó a toda velocidad a la casa de su amigo. En aquellos momentos, cuando por fin estaba frente a ella, nada era como había pensado que sería. No había sido su intención dejarse llevar por los celos porque la vio hablando con uno de los mayores seductores del mundo.

¿Acaso no lo era él también? Se le endurecieron los labios.

Ya no.

Estaba en una sala con algunas de las mujeres más hermosas del mundo y, sin embargo, solo era capaz de ver a una, la única que lo miraba con hostilidad. En su corazón, sabía que no podía culparla.

Entonces, ¿por qué estaba demostrando una arrogancia que podría provocar que ella le mandara a paseo? Necesitaba mantenerla tranquila. Aplacarla. Hacer que se diera cuenta de por qué estaba allí.

—Tengo que hablar contigo —dijo él.

—Pues habla —comentó ella encogiéndose de hombros—. No te lo estoy impidiendo.

—En privado.

—Yo preferiría quedarme aquí, si no te importa.

—Desgraciadamente, sí me importa.

Sin previo aviso, le agarró la mano y se la llevó a uno de los dormitorios. Cerró la puerta al mismo tiempo que ella se zafaba de él para mirarlo con desaprobación.

—¿Qué crees que estás haciendo? —le preguntó—. No puedes acercarte a alguien en medio de una fiesta para tratarle de este modo. ¡No puedes arrastrar así a una mujer tan solo porque has decidido que quieres hablar con ella en privado! Ah, lo siento. Se me había olvidado —dijo con ironía mientras se daba un golpe en la frente—. Tú sí puedes. Bueno, tal vez tú seas Tarzán, pero yo no soy tu Jane. No me gustan los modales de los neandertales ni los de los hombres arrogantes que creen que pueden irrumpir en la vida de otros para hacer exactamente lo que quieren. ¿Quieres hacerte a un lado, por favor, y dejarme pasar?

—Hasta que no me hayas escuchado, no. Por favor.

Ella lo observó durante un instante antes de mirar su reloj.

—Tienes cinco minutos.

Niccolò contuvo el aliento y, durante un instante, no fue capaz de hablar. Su tranquilidad habitual lo había abandonado al darse cuenta de que aquello no iba a ser fácil. Iba a tener que hacer algo nuevo para él, algo de lo que siempre había huido. Iba a tener que sacar sus sentimientos del lugar oscuro en el que los había enterrado para admitirlos por fin ante ella. Desgraciadamente, aunque así lo hiciera, no había garantía de que ya no fuera demasiado tarde.

—Tengo que pedirte perdón –dijo–, por todas las injustas acusaciones que hice de ti, por haber tardado tanto tiempo en darme cuenta de la clase de mujer que realmente eres. Fuerte, orgullosa, leal y apasionada. Te he echado de menos, Alannah, y quiero que regreses a mi lado. Nadie me habla del mismo modo que tú o me hace sentir del modo en el que me haces sentir tú. Nadie más hace que se me acelere el corazón al verla. Quiero pasar el resto de mi vida contigo para poder crear algún día el bebé que no hemos podido en esta ocasión. Quiero tener un hogar de verdad... contigo. Solo contigo.

Alannah dio un paso atrás y empezó a negar con la cabeza.

—Tú no me quieres –repuso con voz ronca–. Solo crees que me quieres porque soy la única que te ha dejado y eso es algo que probablemente nunca te ha ocurrido antes. Tú quieres a alguien respetable, que sea tan pura como la nieve, porque esas son la clase de cosas que te importan. Alguien adecuado. No me querías como dama de honor porque te preocupaba lo que pudieran pensar otras personas. Te importan mucho las apariencias, digas lo que digas ahora.

—Solía ser así, pero tú has hecho que me dé cuenta de que las apariencias y la posición social no cuentan. Cuenta lo que hay debajo y tú lo tienes todo. Eres cariñosa, inteligente y divertida. Amable y con talento. Ni siquiera fumaste porros en el colegio, a pesar de que se te acusó de eso.

Alannah se sorprendió por aquel giro de la conversación.

—¿Te lo ha dicho Michela?

—No. No ha tenido que hacerlo. Lo he deducido yo solo. Creo que tal vez hayas estado todo este tiempo cubriendo a mi hermana.

—Porque eso es lo que hacen los amigos —afirmó ella—. Se llama lealtad.

—Ahora lo comprendo. Simplemente me ha llevado mucho tiempo, pero ya no quiero seguir hablando del pasado. Quiero concentrarme en el futuro —añadió. Se metió la mano en el bolsillo del abrigo y se sacó un pequeño estuche de terciopelo—. Esto es para ti.

Alannah observó que él abría la cajita. Al ver lo que había en su interior, se sintió desilusionada y avergonzada a la vez por lo que había esperado ver. ¿Cómo había podido pensar que Niccolò le iba a regalar un anillo de compromiso?

En el estuche había un broche con forma de abeja. Levantó la mirada para fijarse en él. Aún se sentía muy desorientada.

—¿Qué es esto?

—Coleccionas broches de insectos, ¿no? Son diamantes. Los negros son bastante raros. Es para ti porque no te compré un regalo de Navidad.

Alannah empezó a parpadear rápidamente. Se le había formado un enorme nudo en la garganta.

—No lo comprendes, ¿verdad? Todos los broches que yo tengo son de bisutería. Los llevo porque mi madre me los regaló, porque significan algo para mí. No me importa que no sean diamantes, Niccolò. No me importa lo que valen las cosas.

—Entonces, si te dijera que este broche vale lo que siento por ti... —susurró acercándose un poco más a ella–. A menos que quieras que vaya a un mercadillo para buscar algo más barato. Dime una cosa, Alannah. ¿Me vas a poner una serie de desafíos antes de que me aceptes?

Ella estuvo a punto de echarse a reír, aunque tenía los ojos llenos de lágrimas y no podía contenerlas.

–No sé qué voy a hacer –susurró–. Tengo miedo. No hago más que pensar que todo esto es un sueño y que voy a despertarme en cualquier momento.

–No, no se trata de un sueño –dijo él. Sacó el broche de la caja y se lo prendió junto al pequeño saltamontes que ya adornaba su vestido dorado–. Te lo he comprado porque te amo. Esta es la realidad.

–Niccolò... Si esto no es cierto...

Él le impidió que siguiera hablando colocándole un dedo sobre los labios.

–Es cierto. Siempre lo ha sido. La primera vez que te vi, me sentí sacudido por un flechazo tan poderoso que me pareció que me habías hechizado. Ese conjuro no se ha diluido jamás. Te amo, Alannah, aunque llevo toda la vida huyendo de la idea del amor. Vi lo que le hizo a mi madre y lo consideraba como una debilidad que consumía la vida de todo lo que se cruzaba en su camino y que incluso la cegaba a la hora de ver las necesidades de sus hijos.

–Lo comprendo.

–Sin embargo, lo que siento por ti no me parece una debilidad. Cuando estoy a tu lado me siento fuerte, Alannah. Tan fuerte como un león. Como si pudiera conquistar el mundo.

Ella le permitió que la estrechara entre sus brazos y apoyó la cabeza contra su torso.

–Qué raro, porque en estos momentos yo me siento como una gatita.

Niccolò hizo que levantara el rostro para poder mirarla a los ojos.

–Lo único que necesito es saber si me amas.

–Por supuesto que te amo –susurró ella atropelladamente, como si llevara toda la vida esperando para decir esas palabras.

Pensó en la primera vez que lo vio. También fue un flechazo para ella y jamás había podido olvidarle. Pensó en lo vacía que había estado su vida cuando él no estaba a su lado. Niccolò no era el hombre que ella había creído que era, sino mucho más.

–Creo que te he amado desde siempre.

–Entonces, bésame, mi hermosa Alannah –musitó él–. Y deja que te demuestre mi amor.

Lenta y tiernamente, él le trazó los labios con un dedo antes de bajar la cabeza para besarla. El corazón de Alannah se llenó de tanta felicidad que pensó que podría estallar de alegría.

Epílogo

YO CREÍA que odiabas las bodas.

Niccolò miró a Alannah mientras cerraba la puerta de la suite en la que iban a pasar su luna de miel y sonrió.

–Sí, pero eso fue antes de que encontrara a la mujer con la que quería casarme. Ahora, me parece que me encantan.

–Umm.. a mí también –susurró ella mientras le rodeaba el cuello con los brazos–. ¿Te ha gustado el vestido?

–Estás muy hermosa. La novia más hermosa del mundo, pero, en realidad, aunque te hubieras puesto un saco me habría sido imposible apartar los ojos de ti.

–Oh, Niccolò... ¿Quién hubiera pensado que bajo esa cínica apariencia latía el corazón de un verdadero poeta?

–Es cierto, aunque tengo que tener cuidado de no perder la esencia. Si mis competidores descubren que me estoy haciendo más blando, seré muy pronto una presa en el mundo de las finanzas.

–¿Tú? –comentó ella riéndose–. No lo creo. ¡Como si eso fuera a ocurrir!

Niccolò comenzó a desabrocharle el vestido.

–¿Estás cansada?

–En absoluto, a pesar de que ha sido un día muy largo.

Cerró los ojos cuando el vestido de novia cayó al suelo en torno a sus pies. Había creído que Niccolò preferiría una boda tranquila, algo discreto. Sin embargo, una vez más, él la había sorprendido. Resultaba extraño cómo el amor tenía el poder de cambiar a las personas y de alterar sus puntos de vista sobre lo que era importante. Alannah había pensado que él querría mantener al mínimo la relación con la prensa, a pesar de que él clamaba que el pasado de la que iba a ser su esposa ya no le preocupaba. Entonces, le dijo que iba a anunciar su compromiso a toda la prensa. Luego, se marchó a una joyería para comprarle un enorme anillo de zafiros. La razón era que opinaba que era la única piedra que se asimilaba al color de sus ojos.

Como era de esperar, algunas de las fotografías de la revista *Pechugonas* volvieron a aparecer en la prensa, pero, de repente, parecieron no tener importancia alguna. Resultaba surrealista escuchar a Niccolò repitiendo las mismas palabras que su hermana y diciendo que, en realidad, eran muy inocentes comparadas con lo que se veía en los vídeos musicales en la actualidad.

–Estoy muy orgulloso de ti, *tentatrice* –le había dicho mientras arrugaba el periódico y lo tiraba a la basura–. Orgulloso de lo que has conseguido y de cómo has mantenido intacta tu dignidad. Principalmente, me enorgullece que hayas consentido en ser mi esposa.

–Cariño mío...

La boda se había celebrado en la iglesia italiana más antigua de Londres, en Clerkenwell. Algunos de los invitados eran bastante famosos. Luis Martínez, ya completamente recuperado, el sultán de Qurhah y, por supuesto, Alekto Sarantos, aunque a este apenas se le podía ver porque estaba constantemente rodeado de hermosas mujeres que trataban de conseguir su atención. Michela fue la dama de honor. Tuvieron que diseñarle un vestido que lograra ocultar su incipiente barriguita de embarazada.

Animado por Alannah, Niccolò le había contado a Michela la verdad sobre la muerte de sus padres. Aquella confesión unió aún más a los hermanos. Tal y como Niccolò había aprendido, los secretos eran mucho más peligrosos que la verdad.

Alannah tembló de placer cuando Niccolò la tomó entre sus brazos para sacarla del vestido y la llevó a la cama en ropa interior y un par de altísimos zapatos de tacón de aguja. Mientras él terminaba de desnudarla, Alannah pensó en las inhibiciones del pasado, que en aquellos momentos eran ya un remoto recuerdo.

Al día siguiente, se marcharían a la isla en la que nació Niccolò. Solo había regresado a Sicilia en una ocasión, después de la muerte de su madre, lleno de amargura y de ira por el rechazo que ella había sufrido a manos de su propia familia. Sin embargo, el tiempo lo había suavizado todo gracias a que Alannah le había ayudado a tomar cierta perspectiva. Sus abuelos habían muerto ya, pero tenía muchos primos y tíos a los que conocer. A ella también le emocionaba aquello. Después de muchos años sola, se moría de ganas de tener una gran familia.

Niccolò le apartó el cabello del rostro muy delicadamente.

—Gracias —susurró. Entonces, le agarró la mano y se la besó.

—¿Por qué?

—Por amarme. Por ser tú.

Por ser Alannah. Efectivamente, no quería a nadie

más. Ella lo había comprendido por fin. Niccolò la quería exactamente como era, sin cambios ni modificaciones. No quería reescribir el pasado de la que ya era su esposa ni fingir que no había ocurrido. El pasado la había convertido en la mujer que era y él amaba a esa mujer.

Alannah suspiró. Igual que ella lo amaba a él.

Flynn Marshall, magnate hecho a sí mismo, tenía tres objetivos:

1) Un imperio comercial multimillonario

2) Ser aceptado en las más altas esferas sociales

3) ¡Una esposa que lo convirtiera en la envidia de todos los hombres!

Flynn había cumplido con su primer objetivo y estaba en camino de conseguir el segundo. Con respecto al tercero, iba a llevar a la bella y bien relacionada Ava Cavendish al altar en cuanto pudiera. Una mujer florero era lo que necesitaba para cumplir sus planes, pero la apasionada Ava y el deseo que esta le hacía sentir amenazaban con echar abajo una estrategia cuidadosamente planeada…

Matrimonio por ambición

Annie West

Acepte 2 de nuestras mejores novelas de amor GRATIS

¡Y reciba un regalo sorpresa!

Oferta especial de tiempo limitado

Rellene el cupón y envíelo a

Harlequin Reader Service®
3010 Walden Ave.
P.O. Box 1867
Buffalo, N.Y. 14240-1867

¡Sí! Por favor, envíenme 2 novelas de amor de Harlequin (1 Bianca® y 1 Deseo®) gratis, más el regalo sorpresa. Luego remítanme 4 novelas nuevas todos los meses, las cuales recibiré mucho antes de que aparezcan en librerías, y factúrenme al bajo precio de $3,24 cada una, más $0,25 por envío e impuesto de ventas, si corresponde*. Este es el precio total, y es un ahorro de casi el 20% sobre el precio de portada. !Una oferta excelente! Entiendo que el hecho de aceptar estos libros y el regalo no me obliga en forma alguna a la compra de libros adicionales. Y también que puedo devolver cualquier envío y cancelar en cualquier momento. Aún si decido no comprar ningún otro libro de Harlequin, los 2 libros gratis y el regalo sorpresa son míos para siempre.

416 LBN DU7N

Nombre y apellido	(Por favor, letra de molde)	
Dirección	Apartamento No.	
Ciudad	Estado	Zona postal

Esta oferta se limita a un pedido por hogar y no está disponible para los subscriptores actuales de Deseo® y Bianca®.
*Los términos y precios quedan sujetos a cambios sin aviso previo.
Impuestos de ventas aplican en N.Y.

SPN-03   ©2003 Harlequin Enterprises Limited

Deseo

SECRETOS DE UN MATRIMONIO

NALINI SINGH

Lo único en lo que podía pensar Caleb Callaghan cuando, después de separarse, su esposa Vicki le comunicó que estaba embarazada, era en reconciliarse con ella. Esa vez el matrimonio funcionaría, y no importaba lo que tuviera que hacer para conseguirlo.

Pero quizá el precio de Vicki fuera demasiado alto. Quería algo más que amor... exigía que entre ellos hubiera total sinceridad. Sin embargo, había algo

en el pasado de Caleb que él no podía contarle. Porque la verdad podría destruirlos.

Todos los matrimonios tienen sus secretos...

¡YA EN TU PUNTO DE VENTA!

Bianca

Ella quería ser independiente… él quería una buena esposa

Loukas Andreou era un hombre de gran éxito en los negocios y, según las malas lenguas, también en la cama. Era el hombre con quien Alesha Karsouli debía casarse según una cláusula del testamento de su padre.

De mala gana, Alesha accedió a firmar el contrato matrimonial, siempre y cuando su unión se limitara al aspecto social de sus vidas, no al privado. Pero pronto se dio cuenta de que había sido muy ingenua…

Loukas necesitaba una esposa que se mostrara cariñosa en público. Sin embargo, según él, la única forma de conferir autenticidad a su relación en situaciones sociales era intimar en privado…

Boda con el magnate griego

Helen Bianchin